네르가시아 장편소설

FUSION FANTASTIC STORY

도시무왕연대기

도시 무왕 연대기 9

네르가시아 장편소설

초판 1쇄 찍은 날 § 2016년 5월 11일
초판 1쇄 펴낸 날 § 2016년 5월 18일

지은이 § 네르가시아
펴낸이 § 서경석

편집책임 § 이재림

펴낸곳 § 도서출판 청어람
등록번호 § 제387-1999-000006호
등록일자 § 1999. 5. 31
어람번호 § 제1-2427호

주소 § 경기도 부천시 원미구 부일로 483번길 40 서경B/D 3F (우) 14640
전화 § 032-656-4452 팩스 § 032-656-4453
http://www.chungeoram.com
E-mail §chungeorambook@daum.net

ISBN 979-11-04-90799-9 04810
ISBN 979-11-04-90445-5 (세트)

네르가시아 장편소설

FUSION FANTASTIC STORY

도시무왕연대기

도서출판 청어람

목차

외전. 원수

이탈리아 시칠리아의 허름한 오두막.

파바바밧!

신묘한 움직임을 가진 두 사내가 어둠을 틈타 오두막 안으로 들어왔다.

끼이익!

오두막 안에는 흔들의자에 앉아 바느질을 하고 있는 한 노파가 있었다.

두 사내가 깊이 고개를 숙여 읍했다.

척!

"단주님을 뵙습니다."

"…늦었군요."

"보는 눈이 많아서 시간이 좀 걸렸습니다."

"으음, 그래요."

노파는 두 사람에게 손수건을 건넸다.

"받아요."

"이게 뭡니까?"

"사람은 품위가 있어야 무시를 당하지 않는 법이지요. 우리가 아무리 가난한 사람들이라고 해도 근본은 품위가 있는 사람들입니다. 구원을 위한 병사들이니만큼 품행에 신경을 쓰세요."

"깊은 뜻, 가슴에 새기겠습니다."

"그래요."

두 사내는 손수건을 아주 소중히 갈무리하고 자신들이 이곳을 찾은 이유에 대해서 설명했다.

"갑작스럽게 전보를 보낸 것이 못마땅하실 것이라고 생각합니다. 하지만 어쩔 수 없었습니다. 성하께서 직접 지시하신 일이니 화급을 다툰다고 볼 수밖에 없었습니다."

"성하께서 직접 지시하셨다……. 그 이교도들이 어떤 놈들이기에 그러시는 겁니까?"

"이놈들은 회교도도 아니고 불자도 아닙니다. 그냥 이단자들입니다. 불을 숭상하고 그 힘을 이용하여 노략질을 하고 돌아다니지요."

"노략질이라……. 이 세상에 노략질하는 사람이 어디 한둘입니까?"

"하지만 문제는 영국 왕실에서 이들을 견제하려는 움직임을 보이고 있다는 것이지요. 아무래도 교황께 영국 왕실이 뭔가 거래를 제안한 것이 아닌가 싶습니다."

"이를테면 현상금 같은 것이오?"

"그렇다고 볼 수도 있고, 아니면 모종의 지원을 약속했을 수도 있고요."

"흐음……."

"듣기론 프랑스에서도 이들을 표적으로 삼고 있다는 말도 있더군요."

"양국의 눈엣가시라……. 도대체 무슨 짓을 하는 놈들이기에 이 난리를 피우는 것일까요?"

"글쎄요, 저희들은 그냥 성하께서 지시하신 일을 대모께 전달해 드릴 뿐입니다."

노파는 가만히 생각에 잠겼다.

"……."

두 사내는 그녀가 생각을 정리할 때까지 가만히 서서 기다리기로 했다.

그녀는 한 번 생각에 잠기면 몇 시간이고 그대로 돌처럼 굳어서 움직이지 않는다는 것을 두 사람은 잘 알고 있었던 것이다.

꼬르르륵.

"험험, 배가 고팠나?"

"…며칠째 아무것도 못 먹지 않았나?"

"조금만 참게. 며칠을 참았는데 몇 시간을 못 참겠나?"

"알아. 하지만 생리 현상은 어찌할 수 없는 것이 아닌가?"

"숨을 좀 참아봐. 그럼 좀 괜찮아져."

"…근거가 있는 처방인가?"

"개인적으로는."

"……."

두 사람이 싱거운 대화를 주고받고 있을 무렵, 그녀가 눈을 부릅떴다.

팟!

푸른색 안광이 비치던 그녀의 눈동자가 서서히 금색으로 변하더니 이내 그 외형이 젊고 아름다운 여성으로 바뀌었다.

우우우웅, 팟!

"후우, 좀 낫군."

"대모님을 뵙습니다!"

"오래 기다렸지요?"

"아닙니다. 오히려 너무 일찍 생각을 마치셔서 깜짝 놀랐습니다."

"사람은 가끔 너무 오래 생각에 빠지면 제대로 일을 처리하지 못하는 경향이 있습니다. 특히나 이렇게 중요한 일을 결정할 때엔 더더욱 그렇지요."

두 남자가 그녀에게 물었다.

"그나저나 어쩌실 겁니까? 영국이나 프랑스나 우리와는 관계가 별로 좋지 않은데요."

"그래도 어쩌겠어요? 그들이 낸 돈으로 우리가 이만큼 먹고 살 수 있는 건데."

"흠……."

그녀가 자리에서 일어서며 말했다.

"갑시다. 놈들과 한번 대면은 해봐야 사냥을 할지 말지 결정이 서겠어요."

"무식한 해적 놈들입니다. 대화가 되겠습니까? 더군다나 우리와는 다른 교리를 가진 놈들인데요."

"회교도와 크리스트교도 타협하며 살던 때가 있었습니다. 대화가 통하지 않는 사람은 없어요."

두 남자는 깊이 고개를 숙였다.

"알겠습니다. 채비를 서두르겠습니다."

"아니요, 그럴 필요 없어요."

딱!

그녀가 손가락을 튕기자 하늘에서 거대한 황소가 뚝 떨어져 내렸다.

쿠웅!

크훅, 크훅!

거대한 황소 뒤에는 사람 열 명은 족히 탈 법한 달구지가 달려 있었다.

그녀가 황소의 등에 올라 고삐를 잡았다.

음뭐어어!

거대한 황소의 울음소리에 두 남자가 화들짝 놀랐고, 그녀는 실소를 흘리며 손짓했다.

"해치지 않아요. 일단 오르세요. 갈 길이 멀어요."

"아, 예!"

세 사람은 황소를 타고 오솔길을 달렸다.

*　　　*　　　*

지중해 연안, 명화방의 깃발이 걸린 교역선이 수평선을 내달리고 있다.

쇄아아아아!

명화방을 상징하던 깃발이 조금씩 변모하여 지금의 모양이 되었는데, 원래 명화방의 깃발은 타오르는 불길을 상징했다. 하지만 지금은 타오르는 불길이 잔잔한 푸른 불꽃으로 변하였고,

그 위로 작은 매 한 마리가 비상하는 모습이 되었다.

명화방주 천무혁은 어느새 희끗희끗해진 머리카락을 길게 늘어뜨린 채 갑판 위에 올라 있었다.

“오늘따라 유난히도 바람이 좋구나.”

“방주님, 식사하실 시간이 지났습니다.”

“으음, 벌써 시간이 그렇게 되었나?”

“정오가 지난 지 한참 되었습니다.”

“후후, 배를 타고 돌아다니다 보면 끼니를 잊을 때가 태반이지. 할아버님께선 사람이 죽어도 끼니는 때우고 죽어야 한다고 항상 말씀하셨지만, 그 말씀을 따르지 못할 때가 너무도 많아.”

무혁은 부모님보다 조부에 대한 추억이 더 많았기 때문에 시시때때로 그 기억을 붙잡으려 애를 썼다.

물론 부모님께 죄송한 마음이 드는 것은 사실이지만 인간의 마음이란 간사해서 그 도리를 다하지 못할 때가 많았다.

조부에 대한 생각으로 상념에 잠겨갈 무렵, 무혁의 귓전에 시끄러운 소리가 들렸다.

땡땡땡땡!

“해적입니다!”

“…해적?”

지중해 연안에 있는 그 어떤 해적도 명화방의 깃발을 보고 함부로 약탈할 생각을 하지 못했다.

적어도 유럽 연해에서 발붙이고 살자면 명화방과 척지고 살 수는 없었다.

하지만 단 하나, DMS, 즉 당문연합이라고 불리는 집단만이 명화방을 공격하는 일을 감행하곤 했다.

무혁은 당장 검을 뽑아 들었다.

스릉!

"…죽고 싶으면 무슨 짓을 못할까?!"

"놈들과 백병전을 벌일 생각이십니까?"

"필요 없다. 내가 알아서 끝을 볼 테니."

순간, 무혁이 천마군영보로 도약하여 대략 5㎞ 밖에 있는 당문연합 해적 함대로 날아갔다.

파바바바밧!

물살을 가르며 튀어 오른 그는 복마검령을 출수했다.

"오늘 네놈들의 명줄을 죄다 끊어주마!"

당문연합은 명화방을 지속적으로 약탈하고 선원들을 죽이고 다녔는데, 명화방주가 지중해 연안보다는 북해 근처를 자주 간다는 점을 악용하고 있었던 것이다.

하지만 최근 3년간 추이를 지켜보던 무혁은 더 이상 이 사태를 묵과할 수 없다고 판단하여 직접 검을 뽑아 든 것이다.

복마검령의 일수가 적의 깃대를 단박에 꺾어버렸다.

퍼억!

끼이이이이익, 쿠웅!

그로 인하여 배가 제 속력을 내지 못하고 멈추어 섰고, 그 바람에 뒤따르던 해적선들이 차례대로 부딪치고 말았다.

콰앙!

"크허억!"

"이런 제기랄! 5㎞ 밖에서 명중하는 대포가 있었던가?!"

"아, 아닌 것 같습니다! 이것은 검강입니다!"

"검강……!"

무혁은 이제 더 이상 배가 멈추어서 움직이지 않는다고 판단하여 검을 집어넣었다.

철컥!

"네놈들은 검에 피를 묻힐 자격도 없다!"

그는 천 씨 일가의 비기인 마권장을 적에게 선사해 주었다.

"마권장!"

퍼엉!

극성으로 전개한 마권장의 권풍이 순식간에 50명이 넘는 선원의 목숨을 앗아갔다.

촤자자자자작!

"쿨럭!"

"괴, 괴물?!"

"적의 상선에는 화경 이상의 고수가 없다고 들었습니다만, 모두 거짓부렁이었나 봅니다!"

"빌어먹을! 이를 어쩌면 좋단 말인가?!"

화경의 고수와 현경의 고수는 하늘과 땅 차이이기 때문에 어지간한 병력으로는 현경의 고수를 없앨 수 없었다.

하지만 이미 무혁은 현경의 경지를 뛰어넘어 자연경의 초입에 이르고 있었다.

"허업!"

일수 일장에 사람의 내장 조각과 선혈이 사방을 덕지덕지 점철하여 인근에 살아남는 이를 찾아볼 수가 없었다.

무혁의 온몸은 어느새 새빨간 혈액으로 칠갑이 되어 있었다.

"…모두 다 죽여주마!"

"혀, 혈마?! 혈마 천무혁이다!"

"혈마라? 하하! 너희 정파 놈들은 무슨 일만 터졌다 하면 사람을 혈마네 마신이네 하면서 매도하더군. 그래, 그 거지같은 근성으로 얼마나 버티는지 한번 두고 보겠다!"

기왕지사 혈마가 된 김에 본격적으로 살행을 벌이기로 한 무혁이다.

"죽여주마!"

무혁은 혈옥수라장을 출수하였다.

촤라라라라라락!

초당 500회가량 돌아가는 붉은 진기의 부메랑이 마치 톱니

바퀴처럼 주변의 모든 것을 갉아냈다.

배 한 척에 오른 사람들의 숫자는 대략 200명, 이 엄청난 인원이 혈옥수라장 한 방에 몰살을 당하고 말았다.

"커허어윽!"

"우웨에에엑!"

"미친놈, 미친놈이다! 이놈은 피에 미친놈이야!"

"…피의 대가는 목숨으로 갚아야 한다. 무를 숭상한다는 놈들이 그것도 모르지는 않겠지."

"히이이익!"

살점과 핏물로 가득 찬 무혁의 눈동자 속에서 극한의 공포를 맛본 선장은 그 즉시 스스로 목을 꺾고 죽어버렸다.

뚜두두두둑, 빠악!

"끄웨에에엑……."

"무지막지한 놈이군. 스스로 목을 꺾어 죽다니."

이윽고 무혁은 다음 배로 걸음을 옮겼다.

파바바바밧!

다음 배로 걸음을 옮긴 무혁은 그 안에 가득 차 있는 노예들을 발견했다.

"혀, 혈귀?!"

"…그래, 차라리 귀신이 죽여주면 낫지. 이렇게 치욕스럽게 죽을 바에야."

"그리고 저 악마 같은 놈들을 죽였다면 오히려 사람보다 귀신이 나은 것 아니오?"

무혁은 이 배에 타 있는 노예들을 바라보며 적지 않은 충격을 받았다.

"…동양인?!"

그는 재빨리 바닷물로 뛰어들어 핏물과 살점을 씻어낸 후 그들 앞에 섰다.

비릿한 피 냄새가 진동하는 것은 여전했지만 최소한 악귀처럼은 보이지 않았는지 사람들의 표정이 한결 밝아졌다.

"이보시오, 어디서 오시는 길이오?"

"중원에서 왔소이다."

"중원……. 저놈들이 이제는 동포까지 팔아먹는단 말인가?!"

"어디 중원뿐이오? 조선과 왜에서 잡혀온 사람들도 있소."

"……."

자신들을 핍박하여 유럽으로 떠나온 당문연합은 동포와 그 주변국들까지 수탈하면서 고향을 황폐화시키고 있었던 것이다.

무혁은 그들의 파렴치한 행동에 분개하지 않을 수 없었다.

"…빌어먹을 놈들 같으니! 어떻게 사람의 탈을 쓰고 동포를 팔아먹을 수 있단 말인가!"

"사람이 아니오. 저들은 사람이 아닌 것이 틀림없소."

무혁은 이 사람들을 자신이 수용하기로 한다.

"내가 당신들을 다시 고향으로 되돌려 보내주겠소."

"저, 정말이오?!"

"당신들은 이곳에 있어선 안 될 사람들이외다. 육지에 닿는 대로 고향으로 돌아갈 수 있는 방법을 강구해 보겠소."

"고, 고맙소! 정말로 고맙소!"

그는 해적선에서 깃발을 모두 떼어내고 두 척의 배를 묶어 육지까지 인양하기로 했다.

*　　　*　　　*

이른 새벽, 한 마리의 거대한 소가 명화방의 대문을 향해 달려들고 있었다.

두두두두두두!

동유럽 북쪽에 둥지를 틀고 있던 명화방의 본가는 다짜고짜 달려오는 황소를 바라보며 아연실색했다.

"뭐, 뭐야?!"

"저렇게 무식하게 큰 소도 있었던가?! 마치 설화에 나오는 미노타우로스를 보는 것 같군!"

"어찌 되었건 간에 저놈들 막아야 하네!"

"옳소!"

렌스를 손에 쥔 사병들이 거대한 소의 머리에 공력을 실은 창격을 쏘아댔다.

부웅, 파악!

"뇌전칠격!"

파바바바바박!

총 일곱 번의 공격이 전광석화처럼 이어지는 뇌전칠격을 맞은 소는 잠시 주춤거리는 듯하더니 이내 다시 발걸음을 뗐다.

음뭐어어어어!

우우우우우우웅!

소는 이제 푸른 안광을 뿜어내다 적색 안광으로 스스로의 기운을 물들였다.

크훅, 크훅!

"괴, 괴물?!"

"도대체 저런 괴물이 어디서 온 거야?!"

"괴물이고 뭐고 반드시 막아야 해!"

바로 그때, 본가를 총괄하는 사마율이 하늘에서 뚝 떨어져 내렸다.

슈욱, 쾅!

"쿨럭쿨럭!"

"미안하이! 하지만 사태가 너무 황급해 보여서 어쩔 수 없었다네!"

"총관님을 뵙습니다!"

"격식을 차리지 말게. 지금은 그런 격식을 따질 때가 아니야."

사마율은 자신의 철섭선을 펼쳐 소의 대가리를 후려쳤다.

퍼억!

음뭐!

일격에 집채만 한 소가 그대로 고꾸라져 버렸고, 그 인근에선 마치 지진이라도 난 것 같은 진동이 일어났다.

"크윽!"

"이, 이놈! 도대체 어디서 온 놈이란 말인가?!"

"제법인데?"

잠시 후, 노란색 원피스에 고깔모자를 쓴 여인이 모습을 드러냈다.

고혹적인 자태와 뇌쇄적인 눈빛을 가진 그녀를 바라보며 사마율이 물었다.

"…뭐 하는 자인데 우리 본관을 급습한 것인가?!"

"악의를 가지고 급습한 것은 아닌데 너무 과민 반응을 보이니까 재미있어서 나도 모르게 선을 넘어버렸네. 미안해요."

"뭐요?"

그녀는 사마율에게 서신을 한 장 건넸다.

"이게 뭐요?"

"읽어보면 알 것 아닌가요? 그럼 나는 이만……."

사마율이 서신을 펼치려는데 땅에 고꾸라져 있던 소가 벌떡 일어나 그녀를 등에 태웠다.

음뭐!

"일부러 쓰러진 것인가?"

"가자!"

파바바바바밧!

이렇게 거대한 소가 낼 수 있는 속력이라고는 전혀 생각되지 않을 정도로 빠르게 자리를 박차고 일어선 소는 다리가 보이지 않을 정도로 빠르게 달려나갔다.

사마율은 그런 그녀를 뒤로하고 서신을 읽어나갔다.

하지만 서신에는 별다른 내용이 없고 단 한 단어만이 적혀 있었다.

도전

"도전?"

"이게 뭘까요?"

"글쎄, 우리 방에게 도전한다는 내용인가?"

"애매하군요. 누가 누구에게 도전을 한다는 것인지가 불명확합니다."

"…무슨 도전장이 이렇게 엉터리인지 모르겠군."

세 사람이 머리를 모으고 있는 바로 그때였다.

휘이이이이잉!

"어, 어어어?"

"저 빛……."

"제기랄! 어서 피해!"

그녀가 사라진 지 5분도 채 되지 않아 명화방에 50개가 넘는 유성우가 떨어져 내렸다.

파바바바박, 콰콰콰쾅!

"크허어억!"

"사람 살려!"

"어서 피하시오! 지하로 피신하는 것만이 살 길이오!"

유성우의 크기가 그리 크지 않아서 다행이지 만약 그렇지 않았다면 이 지역 전체가 초토화될 뻔한 재해였다.

피란 행렬이 본관 후문으로 이어지는 가운데, 그들의 머리 위로 한 여성이 모습을 드러냈다.

"…천벌을 받을지어다!"

"이런 빌어먹을 년! 방에는 무고한 사람들이 많다! 뭐 하는 짓이냐?!"

"시끄럽다, 이교도들아!"

명화방은 한 시간 넘도록 쏟아지는 유성우로 인해 멸문지화를 목전에 두었다.

*　　　*　　　*

500명의 노예를 이끌고 명화방으로 돌아온 무혁은 처참한 광경과 마주했다.

"……."

"도, 도대체 이게 어떻게 된 일일까요? 어째서 본가가 쑥대밭으로……?"

무혁이 생존자를 찾아 돌아다니는 가운데 한 사내가 지하 밀실에서 모습을 드러냈다.

"쿨럭쿨럭!"

"명이?!"

"방주님!"

명화방 산하 제로피스 상단의 대행수 위지명이 천무혁에게 읍했다.

척!

"어찌 된 것이냐? 어째서 우리의 본거지가 이 모양 이 꼴이 된 것이냔 말이다!"

"…믿을 수 없는 일입니다. 한 여자가 하늘에서 유성우를 마구 떨어뜨리는데, 아무리 저희들이 힘을 합쳐 막으려 해도 도무지 방법이 없었습니다."

"유, 유성우?!"

위지명은 허튼소리를 할 위인이 절대로 아니므로 그가 본 것은 아무리 못해도 유성우를 닮은 무언가일 것이다.

잠시 후, 그를 따라서 몇몇 인원이 지하실에서 모습을 드러냈다.

"바, 방주님!"

"생존자들이 더러 있군."

"…일단 여자와 아이들부터 숨겼기 때문에 그들과 함께 숨은 고수들은 살아남았습니다. 하지만 그 밖의 방원들은……."

"그래, 잘 알았다."

명화방의 방침대로 여자와 아이들부터 살렸을 그들은 동료들을 먼저 떠나보낸 죄책감에 사로잡혀 있었다.

하지만 무혁의 입장에선 지금 이렇게 실의에 빠져 있을 시간이 없었다.

"그 여자를 혹시 전에도 본 적이 있나?"

"아닙니다. 생전 처음 보는 사람이었습니다."

"…영국에서 파견한 고수인가? 아니지, 영국에 그런 고수가 숨어 있을 리가 없어."

"혹시 프랑스에서 돈을 주고 누군가를 고용한 것은 아닐까요?"

"아무리 프랑스의 정보력이 좋다곤 해도 이런 절대고수를 섭

외하는 것은 불가능하다."

"으음……."

무혁은 이렇게 넋 놓고 당하고만 있을 수 없다고 생각했다.

"영국으로 간다."

"여, 영국이요?"

"의심이 가는 사람들이 있다면 그들부터 만나 봐야 하는 것 아니겠나?"

"하, 하지만……."

"괜찮아. 이미 나의 이름은 영국에서 잊혀 빛이 바래 버렸을 테니까."

"예, 방주님."

무혁은 본가를 수습할 인원을 남겨두고 길을 재촉했다.

툭.

"응?"

말에 오르려던 그는 무심결에 자신의 발에 걸리는 작은 돌멩이를 발견했다.

스르르룽!

푸른색으로 빛나는 돌멩이에는 신비한 문자가 새겨져 있었다.

"…뭐지? 북유럽의 룬 문자와 비슷한 것 같기도 한데."

"상형문자 아닙니까?"

"상형문자라……."

"고대인들은 그런 상형문자를 사용했다고 누군가 얘기한 것 같습니다."

"흐음……."

무혁은 일단 돌멩이를 품속에 잘 갈무리했다.

'이것이 단서가 될지도 모른다.'

그는 부하들과 함께 길을 재촉했다.

"어서 가자. 시간이 별로 없어."

"예, 방주님!"

총 열 필의 말이 그의 뒤를 따랐다.

1. 정리

늦은 밤, 태하와 세라가 마주 앉아 있다.

"……."

두 사람은 딱히 아무런 말도 하지 않은 채 그저 서로를 바라만 보고 있었다.

이 적막한 분위기 속에서 먼저 참지 못하고 말을 꺼낸 사람은 세라였다.

"…언제 돌아왔어?"

"좀 됐어."

"멀쩡히 살아 있으면서 왜 연락을 하지 않았어?"

“그럴 상황이 아니었으니까.”

태하는 아주 오랜만에 만난 그녀가 영 껄끄러워서 마주 앉아 있고 싶지가 않았다.

그녀는 태하가 실종되었다는 소식을 듣자마자 태우와 결혼하였다. 그리고 태하가 태우의 뒷조사를 하면서 발견한 사실이지만, 이미 두 사람은 결혼 전부터 가끔씩 내연을 맺어온 것으로 보였다.

물론 그 관계가 얼마나 깊었는지 알 수는 없지만 그녀는 이전부터 태하를 배신할 준비가 되어 있었는지도 모른다.

그런 가운데 태하가 그녀와 마주 앉아 미소를 지을 수 있다면 그건 아마 태하의 아량이 성인군자쯤 되어야 할 것이다.

하지만 애석하게도 태하는 성인군자와는 조금 거리가 있는 사람이었다.

“그나저나 이곳엔 왜 찾아왔어?”

“…그냥. 태린이가 살아 있는지 궁금했거든.”

“태린이가 그렇게 걱정되었다면 진즉에 찾아보지 그랬어?”

“난 태린이가 죽은 줄 알았어. 너도 그렇고 네 부모님도 그렇고.”

그녀는 눈을 아래로 내리깐 채 읊조렸고, 태하는 답답한 마음에 자리를 박차고 일어섰다.

“아무튼 먼 길 오느라 고생했다. 이만 가줬으면 좋겠어.”

"……"

"만약 신문사에 내가 살아 있다는 기사를 내보내고 싶다면 그래도 좋아. 어차피 그들은 나를 찾을 수 없을 테니까."

세라는 자신에게 차갑게 구는 태하가 야박한 모양이다.

그녀는 눈물을 머금은 채 태하에게 말했다.

"…왜 이렇게 차가워?"

"왜 이렇게 차가운지 정말 몰라서 묻는 거야?"

"……"

"네 스스로 더 잘 알고 있을 거라고 믿어. 넌 그렇게 머리 나쁜 아이가 아니니까."

세라는 태하에게서 더 이상 무언가를 기대할 수 없다고 느낀 모양이다.

"…그럼 나는 이만 일어설게."

"그래, 잘 가라. 그리고 어지간하면 다신 마주치지 않는 것이 좋겠어. 피차 웃으면서 만날 사이는 아니잖아?"

"……"

사실 태하가 이렇게까지 그녀를 홀대할 이유는 없었지만 그는 일부러 차갑게 대하고 있었다.

어차피 끝난 사이인데 행여나 그녀가 딴마음을 품으면 곤란하기 때문이다.

'이제는 추억으로 묻어야겠군.'

지나간 버스가 다 그렇듯 태하는 뒤도 돌아보지 않았다.

"갈게."

"……."

그녀는 딱딱하게 굳은 표정으로 집을 나섰다.

*　　　*　　　*

이른 새벽, 술에 잔뜩 취한 세라가 술집 테이블에 엎드려 있다.

"으음……."

"……."

그런 그녀를 바라보던 태우가 웨이터에게 신용카드를 건넸다.

"계산 좀 해줘요."

"예, 손님."

잠시 후, 신용카드의 명세서를 받은 태우는 화들짝 놀랐다.

555,345원

"…무슨 술을 이렇게 많이 마셨어? 이 여자 혼자 이 술을 다 마신 겁니까?"

"예, 그렇습니다."

"미쳤군. 아이를 가지려면 몸조심해야 한다고 몇 번이나 당부했건만……."

바로 그때, 세라가 자리에서 일어났다.

"으음, 뭐야? 당신이야?"

"…무슨 술을 이렇게 퍼마셨어? 당신 미쳤어? 사람들이 보면 뭐라고 하겠어?"

그녀는 다시 자리에 앉아 술을 마시기 시작했다.

꿀꺽꿀꺽!

"후우, 좀 살 것 같네."

"정말 미쳤어?! 그만 좀 마셔!"

술잔을 빼앗는 태우에게 그녀가 말했다.

"…내가 술을 마시든 말든 네가 무슨 상관인데?"

"남편인데 상관이 없나? 이 여자가 아까부터 자꾸 사람 성질을 긁는군."

그녀는 표독스러운 눈으로 그를 바라보았다.

"다 너 때문이야. 너 때문에 내 인생이 망가졌어."

"……."

"내 인생에 너는 독약이었어! 아니, 암 덩어리 같은 존재였어!"

"필요할 때엔 간절히 찾더니 이제는 나를 암적인 존재로 취급해? 네가 그러고도 인간이냐?"

"…그딴 소리가 네 입에서 나올 수는 없을 텐데?"

두 사람이 부부싸움을 하는 동안, 주변 손님들의 항의가 들어온 모양이다.

"죄송합니다만, 싸움은 나가서 해주시지요."

"…뭐요?"

"다른 손님들이 불편해하십니다."

이곳은 조용하게 술 한잔하려는 사람들이 찾는 곳이라서 이렇게 시끄러우면 장사를 할 수가 없다.

어쩔 수 없이 그녀를 데리고 밖으로 나가려던 태우는 불현듯 날아든 따귀에 고개를 돌렸다.

짜악!

"…당신 진짜 미쳤어?! 제정신이 아니지?!"

"이거 좀 놓고 말하지?"

"후회하지 않을 자신 있어?"

"너 같은 자식은 필요 없어. 그러니까 그냥 꺼져."

"……."

태우는 그녀의 핸드폰을 바닥에 집어 던지곤 그것을 발로 밟아서 으깨 버렸다.

빠각!

그리곤 그녀의 지갑을 낚아채듯 빼앗아서 술집을 나가 버렸다.

쾅!

그럼에도 그녀는 태우가 사라진 곳은 쳐다보지도 않은 채 술을 마셨다.

*　　*　　*

다음 날, 숙취에 찌든 세라는 친정에서 눈을 떴다.

"으윽, 머리야."

"이제야 정신이 좀 들어? 도대체 술을 얼마나 퍼마시고 다니는 거야?"

"엄마……."

세라의 모친 성윤화가 그녀에게 나지막한 목소리로 물었다.

"…김 서방은?"

"몰라."

"또 부부싸움을 한 거야?"

"그런 거 아니야. 원래 사이가 좋은 적이 없던 것뿐이지."

"그렇다고 또 집을 나와? 이래서야 아이를 가질 수나 있겠어?"

"…안 가져. 그딴 놈의 아이를 내가 왜 가져?"

"……."

성윤화는 세라에게 차용증을 내밀며 말했다.

"네가 아이를 왜 가져야 하냐고? 네 남편이 우리 집안에서 끌어다 쓴 돈이 한두 푼이 아니기 때문이지."

"……."

"내가 미쳤다고 지분까지 팔아치우면서 김 서방 뒤치다꺼리 한 줄 알아?"

그녀는 세라를 침대에서 끌어내렸다.

"일어나. 일어나서 집으로 가. 네가 아이를 갖고 대한그룹의 후계자를 갖기 전까진 내 앞에 나타날 생각도 하지 마."

"…싫어."

"싫으면 네가 이 돈 다 갚던지."

세라는 성윤화에게 버럭 소리를 질렀다.

"…내가 돈 빌려달라고 했어?! 엄마가 대한그룹에 줄 대고 싶어서 돈 뿌린 것을 왜 나에게 성질이야?!"

"뭐, 뭐야?!"

"그리고 이젠 다 끝났어."

"뭐가 끝나? 이혼하려고?"

"해야지. 그놈에겐 미래가 없어. 이미 후계 구도에서 밀려나고 있다고. 대한그룹의 후계자가 나타났어."

"……."

"그리고 태린이의 지분이 그에게로 다시 갈 테니 김태우는 더 이상 후계자로 지목될 이유가 없어."

"…그게 정말이야?"

"내가 미쳤다고 거짓말을 하겠어? 만약 돈을 회수하고 싶으면 내가 이혼하도록 내버려 둬. 그러면 엄마가 가지고 있던 지분은 회수할 수 있을 테니까."

성윤화는 허탈한 표정으로 일어섰다.

"쉬어."

"엄마, 아버지에겐 오늘 말할 거지?"

"응, 그래야지."

"알겠어."

아마 세라의 아버지가 이 얘기를 듣는다면 당장 이혼 소송부터 시작하려 들 것이다. 하지만 그녀는 이제 더 이상 김태우의 여자로 살아갈 수 없다고 느꼈다.

'내 인생은 더럽혀졌어. 차라리 혼자 사는 것이 나아.'

세라는 이불을 머리끝까지 뒤집어썼다.

* * *

김지현과 지형도의 투항으로 인해 가공할 만한 단서를 손에 쥔 태하는 국사모에 대한 조금 더 자세한 정황을 포착하기로 했다.

국사모는 정계 인사들은 물론이고 국가기관의 각부 각처에 그 끄나풀이 깊게 뿌리박혀 있는 실정이었다.

만약 지금 이대로 시간이 조금만 더 흐른다면 검경은 물론이요, 군부와 노동계까지 그 마수가 뻗칠 것이 분명했다.

태하는 김지현이 정보총괄이라고 지목한 국정원 구필모 부장을 찾아갔다.

그는 요즘 한창 낚시와 캠핑에 빠져 업무가 있는 날을 제외한 거의 모든 날을 산과 계곡에서 보낸다고 했다.

부르르릉!

대형 SUV를 타고 산비탈을 오르는 태하의 입에서 걸쭉한 욕지거리가 쏟아져 나왔다.

"…이런 개새끼, 나랏돈으로 아주 호의호식을 하는군. 이런 첩첩산중에 무슨 국가 소유의 별장이 있다는 거야?!"

"이런 별장은 꽤 많아. 얼마나 많으면 검찰청 소속으로 되어 있는 별장 리스트가 있겠어?"

"빌어먹을, 너는 이런 공무원이 되지 않을 거지?"

태하의 옆자리에 탄 유주는 익살스러운 미소를 지었다.

"후후, 글쎄다?"

"…만약 네가 변절자나 반동분자처럼 행동하면 내가 직접 처형해 주겠어."

"꼭 북한 사람처럼 말한다?"

"그냥 요즘 북한에서 고생하던 때가 자주 떠올라서 그래."

아마도 임태후 상장이 가져다준 기억이 너무나도 강렬하게 뇌리에 남은 모양이다.

하루가 멀다 하고 사건 사고가 터지는 와중에도 임태후의 마지막 모습이 도저히 잊히지가 않았다.

'그는 도대체 왜 알지도 못하는 나를 위해서 죽음을 선택했을까?'

상식적으로 임태후가 태하를 위해 죽은 것은 쉽게 납득할 수 없는 일이었다.

하지만 원래 임태후가 어떤 사람이었는지 알 수 없는 태하로선 그저 평생 의문점만 품고 살게 될 것이다.

'어쩌면 이 짐을 나에게 짊어지게 해서 평생을 괴롭게 만들려던 계략인지도 모르겠군.'

이런저런 생각에 머리가 복잡해져 있는 태하의 눈에 정사각형 건물이 들어왔다.

유주는 김지현이 준 사진과 별장을 대조해 보았다.

"검회색 건물에 마당, 차가 두 대. 아주 토씨 하나 틀리지 않고 똑같군."

"개자식, 사람을 똥개 훈련시킨 대가를 톡톡히 치르게 만들어주지!"

산비탈에 차를 세워놓은 태하는 다짜고짜 검부터 뽑아 들었다.

스르릉!

"야, 야! 무슨 사람이 칼부터 뽑아 들어?! 그러다 또 사람을 죽이면 어쩌려고?!"

"나는 필요 없는 살상은 하지 않아. 저놈을 죽이려는 것이 아니야."

"그럼 칼은 왜 뽑아 들었는데?"

"썩은 무라도 썰어야지."

"……?"

태하는 공력을 검 끝에 집중시킨 후 그것을 그대로 휘둘러 건물을 일도양단해 버렸다.

서걱!

파지지지지직!

사방에서 스파크가 튀며 양쪽으로 쩍 갈라진 별장 안에는 한창 거사를 치르고 있는 구필모가 들어 있었다.

"허, 허억!"

"꺄아아아아악!"

"…이 새끼, 나랏돈으로 호의호식하는 것으로도 모자라 대낮부터 계집질에 빠져 있었군."

"누, 누구야?!"

태하는 그의 턱주가리를 무릎으로 찍어버렸다.

빠악!

"쿨럭!"

"…말이 짧군. 언제부터 너 같은 쓰레기가 인간에게 하대를 하게 되었나?"

"허억, 허억!"

그는 입에서 한 움큼 피를 토해낸 구필모의 머리채를 잡았다.

꽈득!

"아, 아아악!"

"이 새끼, 너에게 들을 얘기가 많다. 일단 거시기부터 좀 가려. 뭐가 그렇게 덕지덕지 붙어 있어? 보기가 너무 흉해서 눈이 썩을 지경이네."

"……."

유주는 너무 큰 충격을 먹어 움직이지 못하고 앉아 있는 여자에게 옷을 입혀주며 말했다.

"산 아래까지 데려다 주면 집에 갈 수 있겠어요?"

"…네, 네."

"갑시다. 내가 산비탈 아래까지 데려다 줄게요."

"아, 알겠어요."

그녀를 부축해서 차로 가는 동안 유주가 넌지시 물었다.

"이번 일을 밖에 나가서 얘기하고 다닐 건가요?"

"아, 아니요! 절대로 말 안 할게요!"

"그래요. 잘 생각했어요. 저는 서울지검 박유주 검사입니다. 만약 누군가 이 사건에 대해 물어온다면 연락 주세요. 그놈은 아마 우리 검찰청에서 진행 중인 사건에 관련된 사람일 겁니다."

"비, 비밀 작전인가요?"

"네, 그렇습니다. 더 이상의 정보는 저도 제공할 수가 없군요. 국가보안법에 위배되는 일입니다."

"구, 국가보안법이요?"

"그러니까 어디 가서 얘기하면 큰일 납니다. 아셨죠?"

사실 아무리 비밀 작전이라곤 해도 국가보안법에 위배되는 것은 말도 안 되는 소리였다.

하지만 그녀의 눈동자는 커다랗게 빵튀기되어 고개를 끄덕였다.

"아, 알겠어요!"

"아참, 공안이 뭐 하는 곳인지는 잘 알죠?"

"고, 공안이요?"

"왜, 옛날 영화에 보면 물고문하고 사람 손톱 뽑는 그런 검사들 있잖습니까?"

"……."

"그런 사람들이 바로 우리입니다. 혹시나 해서 말씀드리는 거예요."

아마 그녀는 유주와 태하를 보았다는 소리를 죽을 때까지 입 밖으로 꺼내지 않을 것이며, 오늘부로 불륜을 저지르지 않게 될 것이다.

"이, 입만 다물면 아무런 문제 없는 거죠? 그렇죠?"

"네, 그래요."

"흑흑, 엄마가 아파요! 우리 가족에게 피해가 가지는 않겠죠?!"

"그래요. 피해 안 가니까 걱정하지 말아요. 그리고 앞으로는 이런 말도 안 되는 불륜은 저지르지 말아요. 때가 어느 때인데 불륜입니까?"

"아, 알겠습니다! 잘못했어요!"

유주는 눈물범벅이 되어 손이 발이 되게 비는 그녀를 바라보며 쓴웃음을 지었다.

'이런 어린 학생을 데려다가 도대체 무슨 짓을 한 거야? 저 새끼, 가만히 내버려 두면 안 되겠는데?'

그녀는 문득 선배들에게 배운 몇몇 고문 기술이 생각났다.

잠시 후, 유주의 차가 산비탈 아래에 멈춰 서자마자 불륜녀는 부리나케 도망치기 시작했다.

"흑흑, 엄마!"

"쯧, 앞으로는 열심히 살아요. 죄 짓지 말고."

그녀는 다시 차를 돌려 산비탈 위로 향했다.

*　　　*　　　*

국가정보원의 부장이나 되는 사람이 자신에게 불리한 증언을 그리 쉽게 늘어놓을 리 없었다.

벌써 네 시간째 고문을 하고 있지만, 그는 도무지 입을 열 기미를 보이지 않았다.

"…국사모인지 국사모 님인지 나는 모른다니까?"

"이 새끼가 진짜 안 되겠네. 정말로 모른다고?"

"네, 그래요. 몰라요."

"쯧, 어쩔 수 없지."

태하는 자동차 트렁크에서 멧돼지 인형을 꺼냈다.

철컥!

유주는 그런 그를 바라보며 와락 인상을 구겼다.

"…정말 이렇게까지 해야 돼?"

"그럼 어째? 이 자식이 말을 듣지 않는데."

태하는 멧돼지 인형 뒤를 칼로 잘 도려낸 후 그 안에 실리콘 재질로 된 물컹물컹한 물건을 끼워 넣었다.

꿀렁~

"으음, 이 정도면 충분하겠어. 어이, 유주 너는 고개를 좀 돌려."

"…진짜 그럴래?"

"진짜 돼지를 안 잡아온 것을 다행으로 알아. 그나마 네 앞이라서 봐주는 거야."

그가 멧돼지 인형 뒤에 뭔가 시큼한 냄새가 나는 액체를 뿌리자 큼큼한 냄새가 진동하기 시작했다.

특히나 유주는 오만상을 찌푸렸다.

"으윽, 더러워서 못 봐주겠네! 나는 나가 있을래!"

"그러니까 아까부터 나가 있으라니까 말 참 안 듣네."

끼익, 철컥!

이윽고 태하가 그의 목덜미의 혈도 몇 개를 점했다.

툭툭!

"으, 으윽!"

"내가 어지간하면 이런 방법은 잘 안 쓰지만 어쩔 수 없지. 네가 말을 듣지 않으니 말을 들을 생각이 나도록 해줘야겠어."

잠시 후, 구필모의 얼굴이 붉게 달아오르기 시작했다.

"쿨럭쿨럭!"

"아마도 지금쯤이면 머리로 피가 서서히 쏠리기 시작할 거다. 그리고 아랫도리는 점점 더 빳빳해지겠지."

"후욱, 후욱!"

얼굴이 새빨개진 구필모는 미친 듯이 소리를 지르며 창고 안을 뛰어다니기 시작했다.

"흐억, 흐억! 이런 씨부랄! 여, 여자! 여자 좀 데려와!"

"우리가 적당한 타이밍에 너를 덮친 바람에 효과가 더 좋은 모양이군. 지금 너는 양기가 역류하여 정액이 고환에 가득 찬 상태가 되었다. 대략 5분 후엔 성욕에 미쳐서 암컷 냄새가 난다 싶으면 그냥 아무 구멍이나 탐하게 될 것이다."

"헉, 헉, 헉!"

"자, 그럼 다시 묻겠다. 국사모 끄나풀이 몇 명이야?"

"…난 그런 사실을 모른다! 도대체 몇 번이나 말해야 알아들을 것이냐?!"

"오호라, 보통은 이쯤에서 포기하던데. 역시 아무나 국정원 요원이 되는 것은 아닌 모양이야."

태하는 이윽고 창고의 문을 닫았다.

"자, 그럼 멧돼지와 한번 즐겨봐."

"크아아악!"

굳게 닫힌 창고 안에는 암캐의 분비물이 잔뜩 묻은 멧돼지 인형이 들어 있고, 그 뒤에는 여성의 성기 모양을 본뜬 실리콘이 들어 있었다.

아마도 그는 조만간 그곳에 자신의 욕정을 표출하지 않고는 못 배길 상황까지 가게 될 것이다.

태하는 간이의자에 앉아 편안한 자세로 창고 곳곳에 설치된 CCTV의 전원을 켰다.

팟!

"자, 그럼 녹화를 시작해 볼까?"

"…저질이구나?"

"복수는 처절하게. 그게 이치 아니야?"

"……."

그는 뒤돌아서 도시락을 꺼냈다.

딸깍!

"금강산도 식후경이라는데 먹고 하자고."

"싫어. 너나 많이 먹어."

"그래? 싫으면 내가 다 먹지, 뭐."

태하는 귓전을 간질이는 구필모의 숨소리를 뒤로한 채 도시락을 말끔히 비웠다.

*　　　*　　　*

이른 아침, 파출소로 한 사내가 달려왔다.

쾅!

"흑흑!"

"뭐, 뭡니까?"

"…어떤 개자식이 내 애착 인형에게 몹쓸 짓을 했어요! 흑흑, 살려주세요!"

"애착 인형이요?"

"어릴 때부터 품에 안고 자던 인형이요! 흑흑, 개새끼!"

조금 덜떨어진 것 같은 청년을 바라보며 여경들이 관심을 갖기 시작했다.

"애착 인형이라면 아기들이 가지고 노는 그 애착 인형이요?"

"네, 맞아요!"

"몹쓸 짓이라니. 나도 애착 인형이 있어요. 그가 무슨 짓을 했는데요?"

여경들이 그에게 급격히 관심을 갖는 것은 그의 외모가 가히 영화배우 뺨치는 수준이었기 때문이다.

덕분에 파출소의 분위기는 그의 허무맹랑한 소리를 듣는 것으로 점점 변해갔다.

"…어떤 개자식이 여기에 이상한 물건을 끼워 넣고 바지를 내리고 성행위를 막 했어요!"

"서, 성행위를요? 그것도 인형에 대고요?"

"네! 인형에 대고 성행위를 했다고요!"

"…미친놈일세. 왜 하필이면 멧돼지 인형이었을까요?"

"모르겠어요! 그때 마침 우리 집 문이 열려 있었는데, 내가 자는 동안에 그런 일이 일어났어요!"

"당신이 자는 동안… 그러니까… 인형을……. 이걸 도대체 뭐라고 해야 하나?"

한 경찰이 아주 딱 부러지는 예를 들어주었다.

"물간? 물간이라고 해두지. 인형은 물건이니까."

"아아, 물간. 아무튼 인형을 물간하는 동안 당신은 무엇을 하고 있었죠?"

"…무서워서 일어나지도 못했어요. 설마하니 사람이 인형에게 그 짓을 할 것이라고 누가 상상이나 했겠어요? 평소 밤이 되면 잠도 제대로 못 자는 성격인데 그런 광경까지 목격했으니……."

"으음, 그래요. 나라도 그랬겠어요."

남자 경찰들은 어처구니없다는 듯이 실소를 흘려대고 있었지만, 여경들은 그의 말에 감정이입이 되어 점점 더 주위를 집중시켰다.

"그래서, 그래서 어떻게 되었나요?"

"…끝내는 인형에 사정까지 하고 집을 나갔어요. 우리 멧돌이가 몹쓸 짓을 당하고 난 후에 주변을 둘러보니 그 사람의 혈액과 정액이 마구 흩뿌려져 있었죠."

"혈액?"

이번에도 아까 그 경찰이 살을 보태주었다.

"인형은 까칠까칠하잖아. 게다가 이 인형은 멧돼지고."

"아아, 그렇군요."

"…그나저나 수컷 멧돼지 인형에게 왜 그런 짓을 했을까?"

"모르죠, 그거야."

경찰들은 이 사건을 도대체 어떻게 다뤄야 할지 몰라 고민에 빠졌다.

"…내 살다 살다 이런 경우는 또 처음이네. 내가 경찰 생활만 25년이 넘었는데 정말 이런 경우는 처음이야. 세상에 어떤 미친놈이 인형과 그 짓을……."

"대장님, 성범죄 특별법에 적용이 되나요?"

"글쎄, 성범죄 특별법은 사람에게만 적용되는 것 아닌가? 그러니 물건… 아아, 미안해요. 인형은 적용이 안 될 것 같은데?"

"그럼 어떻게 사건을 엮어야 합니까?"

"기물손괴, 기물손괴가 적당하겠군. 아니, 어쩌면 피해자의 집에 무단으로 침입해서 그 짓을 벌였으니 가택무단침입이 적용되겠군."

"하지만 증거가……."

청년이 손을 번쩍 들었다.

"증거 있어요! 우리 집에는 CCTV가 네 대나 있거든요!"

"…일반 가정집에 폐쇄회로가 있다고요?"

"일반 가정집이라곤 안 했는데요. 제가 혼자 지내는 독립가옥이에요. 저는 신경이 불안정해서 도시에선 잘 못 지내거든요."

"으음, 그렇군요."

바로 그때, 파출소 문이 열리며 한 중년인이 들어섰다.

쾅!

"…어디 있어?"

"어떻게 오셨습니까?"

그는 경찰들에게 국정원 부장의 신분증을 꺼내 들었다.

"국정원에서 나왔습니다. 혹시 이곳에 멧돼지 인형을 든 청년이 들어오지 않았습니까?"

"네, 맞습니다."

순간, 청년이 그를 손가락질하며 고래고래 소리를 지르기 시작했다.

"이, 이 사람이에요! 이 사람이 우리 멧돌이를 강간했다고요!"

"……."

"…자꾸 이러면 재미없어요. 그러니 이리 와요. 다시 시설로 돌아갑시다."

"싫어요!"

바로 그때, 청년의 목소리가 중년인의 머리를 스쳤다.

—어때? 이제야 거래를 할 생각이 조금은 들었나?

'이런 씨발, 도대체 나에게 왜 이러는 거냐?!'

—어쭈, 아직도 정신을 못 차렸어?

"……."

중년인이 청년에게 말했다.

"…좋아요. 당신이 원하는 모든 것을 수용하겠습니다. 그러니 다시 시설로 돌아갑시다."

"뭡니까? 무슨 일인가요?"

"일급 기밀입니다. 만약 의심이 간다면 내 사무실로 전화를 걸어봐요. 빨리! 시간이 없어요."

"아, 알겠습니다."

국정원 부장의 사무실은 일반인에게 공개되지 않고 일반 전화로는 연결하기도 힘들었다.

하지만 단 하나의 민원선이 있기 때문에 급한 일이 생기면 핫라인으로 연결이 가능했다.

—어디십니까? 위치추적을 해보니 XX파출소군요. 그곳의 책임자를 바꾸십시오. 이곳의 전화번호를 어떻게 알았어요? 지금 당장 경찰특공대를 급파하겠습니다.

"아, 아닙니다! 죄송합니다!"

중년인이 전화를 빼앗아 받았다.

"나다. 구필모 부장이다. 내가 확인 차 전화를 걸도록 지시했다. 그러니 조용히 전화 닫도록."

—예, 계속 근무하겠습니다!

이윽고 중년인이 청년을 일으켜 세웠다.

"갑시다. 이러고 있을 시간이 없어요."

"…정말 내가 원하는 것을 모두 들어줄 건가요?"

"물론입니다."

"좋아요, 갑시다."

청년과 중년인은 파출소를 나섰고, 파출소장과 경찰들은 부동자세로 한동안 두 사람이 나간 방향을 바라보고 있었다.

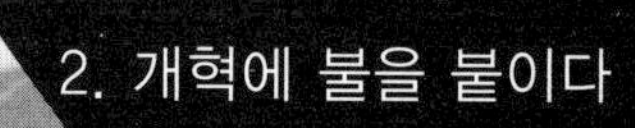

2. 개혁에 불을 붙이다

태하는 구필모에게 국사모에 대한 모든 것을 전부 다 전해 들을 수 있었다.

그는 국사모의 연락망으로서 사람과 사람을 연결시켜 주고 유사시에는 그 흔적을 지워주거나 국사모에서 탈퇴시켜 주는 일도 했다.

한마디로 태하와 유주가 구필모를 습격하여 약점을 잡은 것은 신의 한 수라고 볼 수 있었다.

고개를 푹 숙인 구필모가 태하에게 말했다.

"…이젠 다 말했으니 나를 살려준다는 약속을 지키시죠."

"아아, 이 UBS 말이야?"

태하는 UBS를 건네며 말했다.

"혹시나 해서 말하는 건데, 행여나 뒤통수를 칠 생각이라면 지금 말해. 아주 뜨거운 맛을 보여줄 테니까."

"…그럴 일 절대로 없을 겁니다. 안심하셔도 좋습니다."

"후후, 하긴 그런 일을 겪고도 정신을 못 차리면 그게 사람이야?"

"……."

태하는 다시 한 번 명단을 확인했다.

"여, 야 합쳐서 총 열다섯 명의 국회의원이 몰아주기를 하고 있었단 말이지? 끄나풀은 총 쉰다섯 명이고."

"예, 그렇습니다. 비공식적인 사람들까지 합치면 조금 더 많겠지요."

"으음, 그래, 이제 그만 가 봐도 좋아."

그는 태하의 말이 끝나기가 무섭게 자리에서 벌떡 일어나 별장을 나섰다.

이제 유주는 이 명단을 토대로 조사에 착수하여 국회의원들을 한 명씩 법정에 세우게 될 것이다.

그녀는 앞으로 그 어떤 압력이나 협박이 가해져 온다고 해도 굴하지 않을 것이다.

"…싹 다 털어서 감옥에 처넣어주마!"

"파이팅, 박 검사!"

"자, 가자고. 갈 길이 멀어."

두 사람은 추나희 경감을 만나기 위해 서울로 향했다.

국사모에 대한 정보를 접한 추나희는 두 눈을 반짝였다.

"이 사람들만 다 처넣으면 국사모인지 뭔지는 끝이라는 소리지요?"

"그렇습니다. 아마도 더 이상의 담합 행위는 어려울 것으로 보입니다."

"후후, 드디어 고생 끝에 낙이 오는군요!"

"그러게 말입니다."

추나희는 유주에게 이번 과장 진급에 대해 물었다.

"그나저나 검사님께서 이번 진급 대상에 끼어 있다고 하던데, 정말입니까?"

"누가 그래요?"

"돌아다니는 소문에 그렇습니다. 정말인가요?"

"나야 모르죠. 진급 대상자에게 통보가 오는 경우는 드무니까요."

"으음, 그렇군요. 저는 이번 사건을 해결하고 나면 아마도 경정으로 진급할 것 같습니다."

"경정!"

"아마도 이곳에 있는 모두를 쓸어버리고 나면 출셋길이 막혀서 경정에서 진급이 어려울 수도 있겠습니다만, 저야 검사 빽이 있으니 걱정할 필요가 없지요."

"…저를 빽으로 생각하는 겁니까?"

"그게 서로에게 좋은 것 아닌가요? 아무리 나라를 위해서 일한다곤 해도 정정당당하게 진급하고 싶은 것이 경찰 간부의 꿈이니까요."

그녀는 고개를 끄덕였다.

"좋아요. 내가 외압을 행사할 만한 놈들을 다 잡아 처넣어줄게요. 우리 둘이 아주 승승장구하면서 진급해 봅시다."

국사모에 관련된 사람들은 하나같이 거물들과 엮여 있거나 상당한 거물들이 대부분이었다.

이들을 잡아넣는 것 자체가 센세이션이 될 것이며, 그 자리에 새롭게 앉는 사람들에겐 유주가 교섭 대장 일 순위가 될 것이다.

태하는 손뼉을 치면서 말했다.

짝짝!

"자, 그럼 이제 슬슬 움직여 볼까? 추나희 경감님, 밑바닥부터 천천히 시작하시죠."

"물론입니다. 대가리부터 쳐내는 것은 꽤나 힘들어요. 보스의 팔다리부터 자르는 것이 현명하겠지요."

그는 명단에 똑똑히 등재되어 있는 김충평 부자를 가리켰다.

"…이 사람들부터 쳐내도 될까요?"

"물론입니다. 자금줄부터 끊는 것이 중요합니다."

태하의 눈에 복수심 어린 불길이 타오르는 것 같았다.

*　　　*　　　*

이른 아침, 대한그룹 본사로 검경이 물밀듯이 들이닥쳤다.

김태우는 무작정 밀고 들어오는 검찰청 병력과 형사들을 바라보며 소리쳤다.

"이게 도대체 뭐 하는 짓입니까?! 당신들, 이러고도 무사할 것 같아요?!"

"무사하고 자시고 죄를 지었으니 우리가 온 것 아닙니까? 우리는 그저 제보에 의해서 움직이는 것뿐입니다. 영장은 대법원에서 나온 겁니다. 우리에게 소리를 질러봐야 소용이 없다고요."

"…그런데 이 사람들이 진짜!"

바로 그때, 추나희와 함께 유주가 들어섰다.

"어이, 김태우 부회장님!"

"…유주?!"

"잘 지냈어? 듣자 하니 요즘 신혼 재미가 꽤 쏠쏠한 모양이던데."

"……"

"아아, 그게 아닌가? 듣기론 세라가 이혼을 준비하고 있다는 것 같기도 하고."

"박유주……!"

그의 눈동자는 새빨갛게 충혈되어 더 이상 제 기능을 하기 힘들어 보였다. 그런 상황에서 김태우의 심기를 건드리는 두 사람이 더 있었다.

"부회장님, 무슨 일이시지요?"

"…카미엘 회장님."

"아침부터 이게 무슨 소란입니까? 누가 보면 세금 포탈로 돈을 빼돌리다가 적발된 사람으로 오해하겠습니다."

그는 간신히 화를 억누르며 카미엘을 밀어냈다.

"…그만 올라가시죠. 별일 아닙니다."

"으음, 별일이 아닌데 형사들이 이렇게 많이 들이닥쳐요?"

"자꾸 심기 불편하게 굴면 회사에서 쫓아내는 수가 있습니다."

유주는 고개를 가로저었다.

"으음, 아니지. 회사에서 나가야 할 사람은 너인 것 같은데?"

"뭐, 뭐라?"

그녀는 김태우의 손에 수갑을 채우며 말했다.

"잘 들어. 좀 길다. 김태우 씨, 당신을 살인교사 및 협박, 폭행교사, 증거조작, 공문서위조, 배임, 횡령 등의 혐의로 체포합니다. 묵비권을 행사할 수 있고 변호사를 선임할 권리가 있습니다. 자, 그럼 함께 가실까요?"

"……."

"경감님, 끌고 가시죠."

"갑시다."

김태우는 추나희의 손에 끌려가면서도 끝까지 표독스러운 표정을 지우지 못했다.

"…이러고도 무사할 줄 아나?! 너희들, 모두 후회하게 만들어 주마!"

"그거야 네가 사회에 나왔을 때의 일이지. 자자, 모두 서둘러 움직입시다!"

"예, 검사님!"

유주는 경찰들과 함께 검찰청 조사실로 향했다.

같은 시각, 검찰이 회장 집무실에 앉아 있던 김충평 회장을 구속했다.

철컥!

"김충평 씨, 당신을 살인 교사 및 협박, 공문서 위조, 폭행 교사, 증거 조작, 배임, 횡령 등의 혐의로 구속합니다. 묵비권을 행사할 수 있고 변호사를 선임할 권리가 있습니다."

"…누구의 지시입니까?"

"지시는 무슨, 죄를 지었으면 벌을 받아야지요. 그래야 이 사회에 정희가 실현되지 않겠습니까?"

안성문은 그의 팔을 잡아끌며 말했다.

"…지금 들어가면 죽을 때까지 나올 수 있을지 모르겠습니다."

"협의를 입증하기 힘들 텐데?"

"그거야 증인이 없을 때의 얘기죠. 증인이 있으면 얘기가 달라집니다."

그는 태하의 얼굴이 나와 있는 사진을 보여주며 말했다.

"당신이 살인교사를 했다는 결정적인 증언을 해줄 사람입니다. 그 밖에 네 명의 증인이 더 있고요."

"……."

김충평은 가만히 그 사진을 바라보다가 너털웃음을 터뜨렸다.

"하하, 하하하하!"

"뭐가 그렇게 웃깁니까?"

"하하, 태하가 살아 있다니, 그게 무슨 개소리입니까? 태하가 죽은 지 언제인데."

안성문은 그런 그의 팔뚝을 손가락으로 꾸욱 누르며 말했다.

꽈득!

"으, 으읍……."

"당신의 혐의를 입증하고자 귀신까지 불러온 사람들이 우리입니다. 그러니 그딴 도발은 집어치우시지요."

그는 김충평을 사무실에서 끌어냈다.

"데리고 가세요."

"예, 검사님."

김충평은 검찰청으로 끌려가는 순간까지도 너털웃음을 짓고 있었다.

*　　*　　*

며칠 후, 그린란드 사설 감옥에서 두 명의 증인이 참고인 진술을 위하여 대한민국을 찾아왔다.

태하는 자신의 진짜 모습으로 변신한 후 그들과 함께 참고인 진술을 진행할 계획이다.

서울지검으로 향하는 길, 태하가 두 사람에게 물었다.

"자, 마지막으로 묻겠다. 법의 심판을 받을래, 아님 끝까지 사설 감옥에 있을래?"

"…시키는 일은 뭐든지 다 하겠습니다. 그러니 사람이 있는 곳으로만 보내주십시오."

"그래, 그럼 감옥에서 형기를 마치고 나오면 나와의 악연은 끝나는 것으로 해두지."

"가, 감사합니다!"

고독과 싸우며 지내온 시간은 사람을 변화시켰고, 두 사람은 앞으로 더 이상 범죄와는 관련 없는 삶을 살아가게 될 것이다.

이윽고 도착한 서울지검 앞에는 미리 소식을 듣고 찾아온 기자들로 인산인해를 이루고 있었다.

찰칵, 찰칵!

"김태하 씨! 지금까지 어디에 계셨던 겁니까?! 왜 지금까지 모습을 드러내지 않은 겁니까?!"

"사정이 좀 있었습니다. 하지만 지금이라도 진실은 밝혀질 테니 억울한 것은 없습니다."

"두 참고인께선 이번 증언으로 법적인 처벌을 받을 것임을 알고 계실 텐데요, 어떻게 이런 결심을 하신 겁니까?"

"블루문은 극악무도한 죄를 많이 저지른 곳입니다. 법의 심판을 받는 것이 마땅하다고 생각합니다. 그리고 저 역시 사람을 죽인 죄를 뉘우치고 있고, 때마침 적당한 기회가 와서 속죄하고 싶었을 뿐입니다."

이윽고 태하는 두 사람을 데리고 기자의 인파를 뚫고 지나갔다.

찰칵, 찰칵!

"김태하 씨! 한마디만 더 해주십시오!"

"……."

그들을 지나쳐 검찰청으로 들어선 태하는 자신을 기다리고 있던 유주와 마주했다.

그녀는 당당한 예전 모습으로 돌아온 태하에게 악수를 건넸다.

"반갑다. 다시 돌아왔네."

"그래, 다 네 덕분이다. 네가 없었다면 애초에 지금과 같은 기적은 일어나지 않았을 거야."

"기적은 무슨, 네 노력이 만들어낸 결과지."

유주는 참고인으로 따라나선 두 사람에게 물었다.

"각오는 되었습니까?"

"물론입니다. 형기가 얼마나 떨어지든 상관없습니다. 변호사를 선임하지 않을 것이며, 법정 최고형을 받아도 할 말 없습니다."

사람을 시멘트 더미 안에 넣고 죽인 것, 사람을 청부 살인한 것은 결코 용서받지 못할 죄였다.

아마도 이들의 인생은 더 이상 회생이 불가능할 테지만 속죄를 끝내고 나면 죄책감에 시달리는 일은 조금 덜할지도 모른다.

세 사람은 함께 유주를 따라 검찰 조사실로 향했다.

철컥!

문을 열고 안으로 들어가니 유주의 동료들이 태하를 맞이했다.

"오셨군. 태풍의 핵이 드디어 나타났어!"

"우리의 출세 가두를 열어줄 열쇠가 정말로 돌아왔으니 이 일을 어쩌면 좋나? 유주에게 절이라도 해야 하나?"

"제가 먼저 진급한다고 해서 시샘을 내거나 훼방을 놓지 않으셨으면 좋겠습니다. 절은 필요 없어요."

"우리가 무슨 어린아이인 줄 알아, 그런 것을 시샘하게?"

"선배들, 어린아이 맞잖아요?"

"…뭐, 그건 그렇지만."

유주와 함께 사건을 조사하기로 한 조진호와 안성문은 이미 출세 가두에 오른 사람들이지만, 후배를 밀어주고 자신들보다 먼저 윗선으로 올라가는 데 전혀 불만을 표출하지 않았다.

오히려 그녀가 오래도록 숙원처럼 여겨온 대한그룹 사태와 국사모 의혹을 해결하는 데 적극적으로 도움을 주고 있었다.

세 사람은 한 명씩 맨투맨으로 참고인 진술을 받을 예정이다.

"참고인 진술이 끝나면 체포 영장이 발부될 겁니다. 괜찮죠?"

"물론입니다."

"좋아요, 자백에 참고인 진술까지 해주셨으니 감형해 드릴게요."

"…아닙니다. 그냥 법대로 해주세요."

"인정도 법입니다. 나도 법대로 해주려는 것뿐이에요."

두 사람이 태하의 눈치를 살피자 그는 살짝 고개를 끄덕였다.

"잘 좀 봐주십시오. 한 사람은 아이가 있어요."

"그래요. 김태하 씨가 그렇게까지 말씀하신다면 그렇게 해드려야지요. 아마 재판부에서도 정상참작을 많이 해줄 겁니다. 비록 사람이 죽기는 했어도 스스로 자수에 자백까지 한다면 충분히 경감될 거예요."

"고맙습니다."

이윽고 세 사람은 따로 떨어져 참고인 진술을 이어나갔다.

* * *

참고인 진술이 끝난 후, 김충평 부자는 살인 교사 등의 혐의가 인정되어 재판에 서게 되었다.

이미 돈이 오가고 사람을 죽이라고 지시한 정황 등이 명확하게 드러나 있었기 때문에 용의자가 아닌 피의자 신분이 된 것이다.

여기서 한 가지 더 심각한 사실이 드러났는데, 이들이 현직 국회의원들과 함께 짜고 주가 조작을 벌였다는 것이다.

태하가 모아온 자료들이 법정에 정식으로 채택되었고, 이것은 본격적인 수사팀을 구성하도록 조장했다.

유주는 태하와 추나희가 모아온 증거들을 토대로 관련 국회의원들을 차례대로 잡아들이기 시작했다.

늦은 밤, 세 명의 국회의원이 구속되어 서울지검을 찾았다.

"…박유주 검사라고 했나?"

"네, 그런데요?"

"우리 정말 이러지 말자고. 나 몰라? 나 박정일이야!"

"잘 알죠, 박정일 의원님."

유주는 아까부터 자신에게 계속 친한 척하는 그의 멱살을 잡았다.

꽈득!

"뭐, 뭐 하는 짓이야?!"

"어이, 아저씨. 내가 동네 꼬맹이로 보여? 아직 감이 잘 안 오나 본데, 지금 당신은 용의자 신분으로 검찰에 소환된 거야. 혐의가 입증되면 당신은 피의자 신분으로 즉각 재판에 회부될 거라고. 알아? 나는 범죄자를 사람 취급 안 해. 그건 나와 내 동료들도 마찬가지고."

"……."

"당신이 국사모에 관련되어 있다는 증거가 무려 열 개가 넘어."

"……!"

그녀는 그의 귓가에 가까이 다가가 말했다.

"…한마디로 당신은 이제 좆 됐다는 소리지."

"이, 이봐요. 나, 나는 그러니까……."

"할 말이 있으면 검찰청으로 가서 하시지. 지금 여기서 지껄여 봐야 검찰청 심기만 불편하게 만들 뿐이니까."

"……."

그녀의 말대로 그는 정말 죽을 것 같은 심정에 사로잡혀 고개를 푹 숙였다.

박정일 의원을 시작으로 전, 현직 국회의원들이 줄줄이 연행되어 검찰청을 찾아왔다.

언론은 이것을 인터넷과 신문에 대서특필하고 포털사이트 3사 역시 앞다투어 사이트 1면에 이 기사를 내걸었다.

실시간 검색어 1위부터 10위까지가 모두 국사모에 대한 것들이고, 이들의 수장으로 지목된 한필교는 이것이 모두 모종의 세력이 자신을 모함하는 것이라며 말을 돌렸다.

하지만 이미 명백한 증거가 검찰 측에 의하여 제시된 마당에 그가 하는 말은 전부 허언으로 받아들여졌다.

여당은 그를 신랄하게 비판했고, 야당은 그와 자신들은 전혀 관계가 없다며 못을 박았다.

이런 상황에서 청와대 민정수석이 또 다른 용의자로 지목되면서 대통령 비서실까지 공식 입장을 내어놓게 되었다.

태하가 가지고 온 한 방으로 인해 대한민국 전체가 떠들썩하게 된 것이다.

청와대 대변인은 이 사태를 바로잡기 위해 발 빠르게 성명을 발표하였다.

—이번 국사모 파문을 일으킨 관련자들을 일벌백계하고 한 점의 의혹도 남지 않도록 최선을 다하겠습니다. 또한 여죄를 파악하는 차원에서 각부 각처에 조사관을 파견하고 검경은 물론이고 군부와 공기업에도 감사팀을 파견하겠습니다. 아무쪼록 작금의 사태가 벌어진 것은 청와대의 책임인 만큼 해당 부서의 인사는 과감하게 퇴직 조치하고 비서실장 역시 사퇴하도록 하겠습니다.

TV에서 흘러나오고 있는 이 짧은 뉴스 화면 하나로 대한민국은 때 아닌 비리와의 전쟁에 돌입하게 되었다.

각부 각처로 파견된 조사관들은 에누리 없이 고위 관료부터 말단 직원까지 전부 조사를 벌여 일말의 의혹도 없도록 족치고 있었다.

그중에서도 가장 큰 타격을 입은 사람은 다름 아닌 국회의원들이었다.

찰칵, 찰칵!

“위지명 당대표님, 한마디만 해주시지요!”

“우리 당은 하늘을 우러러 한 점 부끄러움이 없는 당이 되자는 각오를 다졌습니다. 만약 비리에 대한 의혹이 재기된다면 철저히 조사하여 법의 심판을 받도록 하겠습니다.”

“한필교 의원과의 유착 관계에 대해서는 어떻게 설명하실 겁니까?”

“그건 유언비어입니다. 저는 한필교 의원과는 아무런 관련도 없는 사람입니다. 누군가 저를 모함하게 위해서 만든 덫이 분명합니다.”

“그렇다면 그에 대한 증거를 제시해 주시지요!”

“…그에 관한 얘기는 검찰과 함께하겠습니다. 그럼 이만.”

“대표님!”

검찰은 당대표를 시작으로 여, 야 모든 의원을 조사하고 참고인으로 불러들였다.

만약 이에 불응할 시엔 긴급조치로 재정된 특별법에 의거하여 실형을 선고 받게 될 것이다.

이로서 대한민국의 대대적인 청소가 시행되었다.

*　　*　　*

육군 2군사령부로 네 대의 검은색 세단이 달려오고 있다.

부아아아앙!

차량 안에는 기무사령부 소속 조사관과 청와대 직속 조사관들이 대거 탑승해 있었다.

2군사령부 소속 군인들은 긴장감이 역력한 표정으로 그들을 바라보고 있었다.

"사령관님, 우리는 아무런 문제가 없겠지요?"

"…자네들이 떳떳하다면야 아무런 문제가 안 되겠지. 하지만 여기서 한 푼이라도 빼돌리지 않은 사람 있나?"

"……."

"사령관으로서 자네들을 지켜주지 못하는 것을 안타깝게 생각하네."

잠시 후, 차량에서 내린 조사관들이 2군사령부 고위 장교들에게 인사를 건넸다.

"수고 많으십니다. 특별법에 의거하여 이곳으로 파견된 조사팀입니다. 익히 알고 있다시피 이번 조사는 군사령부는 물론이고 예하 모든 부대에 공통으로 해당됩니다. 일개 대대부터 말단 소대, 분대까지 모든 군부대에 실시될 예정입니다. 만약 이 조사에서 일말의 혐의점이라도 발견된다면 곧바로 특별법 재판에 회부될 겁니다. 아시겠죠?"

"…예, 알겠습니다."

대통령령으로 발의되고 국회가 만장일치로 동의한 긴급조치 특별법은 혐의점을 발견하는 즉시 국민에게 이 사안에 대해서 고지하고 법적인 절차를 밟아 긴급재판에 회부된다.

덕분에 사법부의 권한이 커지는 것이 아니냐는 말이 많았지만, 사법부 역시 특별법의 조사 대상에 해당되기 때문에 큰 영향은 없을 것으로 보였다.

조사관들은 당장 사령부 중앙 통제실로 향했다.

"말씀드린 장부는 모두 준비하셨지요?"

"예, 그렇습니다."

"좋습니다. 준비하신 장부와 전산 상에 있는 장부를 대조하여 일말의 차이라도 있다면 곧바로 분식 회계 등으로 재판에 끌려갈 것입니다. 각오하고 계시죠?"

"…물론입니다."

항간에선 사법부와 행정부의 대한민국 탄압이라는 소리가 있었지만, 그것은 다수 여론에 밀려 자취를 감추게 되었다.

떳떳한 사람은 아무런 처벌을 받지 않을 것이고, 죄가 있는 사람들이라면 그에 합당한 벌을 받게 되는 것이 바로 이번 조사였다.

정부는 이 조사를 시작으로 대한민국이 비리공화국에서 탈

피할 것임을 선포하였다.

조사관들은 자신들이 파악한 사령부의 자금 상황을 장부와 대조해 보았고, 단박에 차이점을 발견해 냈다.

"으음, 꽤 많이 해드셨나 본데요?"

"그, 그럴 리가……."

"국민의 세금으로 보급되는 물품을 빼돌린 것으로도 모자라 보급품 선정에서도 의혹이 보입니다. 우리가 조사한 바에 따르면 지금 당신들이 사용하는 물품들의 단가는 대략 15%가량 낮게 책정되었지만 보고는 100%를 모두 꽉 채워서 보고하였지요. 그리고 국내 보급품 생산 순위 200등 안에도 못 드는 이런 업체들을 굳이 선정하여 제값을 주고 물건을 사들인 이유가 뭡니까?"

"……."

"공식적인 질의입니다. 대답하지 못하신다면 군 수뇌부 전부를 재판에 회부시키겠습니다."

사령관은 어쩔 수 없이 정밀 조사를 실시할 것을 요청했다.

"자금 관리 목록을 모두 넘겨 드릴 테니 군사령부가 흔들리지 않는 선에서 처리해 주십시오. 지금은 대남 도발이 빈번한 시즌입니다. 간곡히 부탁드리겠습니다."

"알겠습니다. 그렇게 하지요."

조사단은 군사령부의 말단부터 차근차근 조사하기로 했다.

*　　　*　　　*

단 일주일 만에 방산 비리에 연루된 군 수뇌부 200명이 검찰에 기소되었고, 그 예하 부대의 조사가 차곡차곡 이뤄지고 있었다.

이것은 검찰과 경찰로도 이어졌는데, 이 과정에서 국사모 관련자들은 물론이고 심각한 비리 관련자들이 대거 속출되었다.

고위 관계자 300명이 구속되어 조사를 받았고, 경찰과 검찰의 계보가 통째로 흔들려버렸다.

사법부는 이에 대한 대처로 공석 300개에 알맞은 인물들을 승진시키고 긴급 공채로 신입 검경을 충원하였다.

대통령이 큰 결단을 내리고 실시한 이번 조사에서는 생각보다 더 큰 문제가 수면 위로 떠올랐다.

그것은 바로 북한 측에서 보내온 간접들에 대한 것이었다.

군부와 사법부에 잠입하여 기밀을 빼내던 고위 관료 10명과 중간 관료 50명이 국가보안법 위반으로 체포된 것이다.

비리를 밝혀내던 도중에 USB 등으로 자료를 빼돌린 흔적이 발각되었는데, 이것을 수상하게 여긴 조사단이 간첩 혐의를 찾아낸 것이다.

정부는 안 그래도 급랭된 남북 관계에 기름을 붓게 될 이번 사건을 절대로 그냥 묵과하지 않을 예정이다.

조사단은 이제 행정부에 손을 대려는 찰나였지만, 청와대와 외교부는 또 하나의 숙제를 떠안게 된 것이다.

청와대는 이번 사태에 대하여 다시 한 번 성명을 발표하였다.

—이번 국가보안법 위반 사태에 대하여 우리 정부는 즉각적이고 단호하게 대처할 것임을 밝히는 바입니다. 북한 측으로 정보를 빼돌린 정황을 포착한 바, 이것을 대북에 정식으로 항의하고 해당 조치를 받아낼 생각입니다. 또한 지금은 사라진 방첩단을 다시 조직하고 공안부를 확장시켜 국가보안법 위배에 대한 후속 조치를 취할 예정입니다.

이 짧은 성명으로 인하여 북한은 남한에 심각한 유감을 표하였지만, 미군정에선 심각한 대남 도발이라고 판단하고 남태평양 함대를 비롯하여 항공모함 전단을 한국 영해 인근으로 파견하기로 했다.

이로 인하여 동북아시아의 안보는 점점 더 불안해졌지만 국민들은 정부의 단호한 대처가 오랜만에 속 시원하다는 반응이었다.

2000년대 이후, 정부의 지지율은 사상 처음으로 70% 이상으로 치솟았고, 대통령의 인기는 사상 최고를 기록했다.

하지만 그에 대한 부작용도 있었으니, 그것은 바로 지금까지 바위처럼 굳건히 버티고 있던 기득권층이 반발하고 나선 것이다.

한국 사회는 상위 1%가 이끌어 나간다는 말이 있을 정도로 재벌에게 관대하고 그들에게 의존하는 경향이 있었는데, 이것은 국민이 원한 현상이 절대로 아니었다.

그러나 이들이 쌓아온 영향력이 지대하기 때문에 어쩔 수 없이 그들이 이끄는 대로 한국 경제는 흘러갈 수밖에 없었다.

하지만 그런 기득권층에게 강력한 펀치를 한 방 날린 사람이 있었으니, 그는 바로 대한그룹의 정통 후계자인 태하였다.

태하는 카미엘 엑트린의 이름으로 쌓아둔 힘을 단숨에 폭발시켜 주인이 없다고 판단된 대한그룹을 장악해 나갔다.

늦은 오후, 대한그룹의 임시주주총회가 열렸다.

"그럼 예정되었던 임시주주총회를 시작하겠습니다. 원래 이번 회장 후보로 나서려 하였던 김충평 임시회장께서 부재중인 관계로 원래 입후보하신 김태린 이사님께서 단일 후보로 나서게 되겠습니다."

"잠깐, 여기 후보가 한 명 더 있습니다."

사람들의 시선이 가장 첫 번째 자리에 앉아 있는 태하에게 쏠렸다. 그는 카미엘 엑트린이 가지고 있던 그룹의 지분을 모두 가지고 회장에 입후보하게 되었는데, 만약 지금 태린이 그에게 위임장을 써주고 물러난다면 무려 70%가 넘는 지분율로 그가 회장에 등극하게 된다.

지금까지 단 한 번도 50% 이상의 지분율이 회장에게로 몰린 적이 없던 대한그룹으로선 사상 처음 일어나는 일이라고 볼 수 있었다.

잠시 후, 태린이 태하에게 위임장을 건네며 외쳤다.

"저는 김태하 씨에게 모든 지분을 넘기고 후보에서 사퇴하겠습니다!"

"…드디어 진짜 주인이 나타났군!"

사람들은 태하가 살아 있다는 소리를 들은 순간부터 예정되었던 임시주총이 기울 것이라 생각했다.

김충평이 가지고 있던 지분은 회장으로 입후보하기에 적합하지 않았음으로 아무리 그가 우호 지분을 끌어 모은다고 해도 회장이 될 수는 없었을 것이다.

주주들은 물론이고 대한그룹의 이사회 역시 태하의 손을 들어주었다.

"자, 그럼 표결하겠습니다. 김태하 씨의 회장직 승계에 대한 안건에 동의하시는 분들은 손을 들어주십시오."

척!

표결할 것도 없이 태하를 향해 모든 사람들이 손을 들었다.

"그럼 이렇게 하여 김태하 씨가 대한그룹 회장으로 추대되었음을 선언하는 바입니다."

짝짝짝짝!

태하는 자신을 기다리며 회사를 지켜온 온건파 이사들과 주주들에게 깊숙이 고개를 숙였다.

"감사합니다! 이렇게 불안한 시국에 저를 믿고 기다려 주셔서 너무나도 고맙습니다! 이 은혜, 절대로 잊지 않겠습니다!"

박수갈채가 쏟아지는 가운데 태하의 얼굴에 회심의 미소가 어렸다.

3. 단죄

같은 시각, 기가 막힌 타이밍에 맞춰 검찰청으로 소환된 김충평 회장은 넋이 나간 표정으로 앉아 있었다.

"……."

"김충평 씨, 마지막으로 묻겠습니다. 당신이 김태하 씨를 살해하라고 지시했지요?"

"…모릅니다."

"자꾸 이러시면 정말 재미없어요. 증거까지 다 모아놓고 이게 뭐 하는 짓입니까? 정말 법정에서 끝까지 한번 해보자는 건가요? 이렇게 질질 끌면 당신만 손해입니다. 지금이 어떤 시국인지 몰라서 그래요?"

김충평은 설마하니 태하가 이렇게까지 엄청나게 탄탄한 청사진을 짜왔을 줄은 꿈에도 상상하지 못하고 있었다.

아들 태우의 말대로 태하가 살아 있다는 사실을 아주 조금은 눈치채고 있었지만, 그가 대한민국을 뒤집어놓을 줄은 미처 몰랐던 것이다.

"대통령 각하께서 당신과 같은 범죄자들을 잡아다 감옥에 넣으라고 긴급조치까지 내렸습니다. 만약 지금 이대로 정상참작마저 없어지면 종신형입니다. 지금 입법부에서 종신형 도입을 추진하고 있는데, 잘못하면 당신이 그 첫 번째 대상이 될 수도 있어요."

"…괜찮습니다. 이 나이에 감형을 받아 뭣 하겠습니까?"

"아아, 그러니까 자존심이 목숨보다 중요하다?"

"좋을 대로 생각하시죠."

곁에서 김충평을 바라보고 있던 유주가 말했다.

"삼촌, 동네 조카로서 조언할게요. 그냥 승복하세요. 그게 태우를 살리는 길입니다. 잘못하면 태형이까지 끌려 들어오고 말아요."

"……."

"만약 삼촌이 계속 이러신다면 우리도 어쩔 수 없지요. 특단의 조치를 취하는 수밖에."

김충평은 실소를 머금었다.

"후후, 세상을 살다 보니 별의별 일이 다 일어나는구나. 네가 나에게 조언을 다 하고 말이야."

"이대로 늙어 죽을 때까지 콩밥을 먹는 것이 안쓰러워서 그러는 거죠. 나라고 아는 사람 잡아다 감옥에 넣고 싶겠어요?"

"너는 예전부터 계속 그러고 싶어한 것 아니냐? 너에겐 태하가 아주 중요한 사람이었잖아."

"중요하긴 하죠. 하지만 법보다 중요하진 않아요. 원칙적으론 갱생에 목적을 둔 곳이 교도소입니다. 우리는 사회를 갱생시키는 데 그 목적을 두고 있다고요."

"갱생, 말은 좋구나."

김충평은 순순히 자신의 죄를 시인하기로 했다.

"어차피 이렇게 된 것, 어쩔 수 없구나. 그래, 내가 다 했습니다. 형제의 호의호식이 너무 보기 싫었습니다. 그것도 형이 되어서 동생에게 밀리고 난 후의 심정이 딱히 좋지는 않았어요."

"……."

"그래, 고백하는 김에 하나만 더 합시다."

"……?"

"나는 어차피 오래 못 살아요. 이미 시한부 인생이거든요."

"……!"

김충평은 자신의 주머니에 고이 잠들어 있는 진단서를 꺼내

내밀었다.

"아마 내 아들과 아내도 모를 겁니다. 나의 심장에 있던 종양이 악성으로 변하여 이미 온몸으로 전이된 것을 말입니다."

"그, 그걸 왜 이제야 얘기하는 건가요?"

"감형을 노린 것은 아닙니다. 그냥 내가 오래 못 산다는 것을 알리고 싶었을 뿐이죠. 어차피 죽을 것이라면 죗값을 치르고 죽는 것도 괜찮겠다 싶어서 그랬을 수도 있고요."

한순간에 불쌍한 사람으로 전락한 그는 한결 시원한 표정을 지었다.

"후우, 이제야 좀 살 것 같네. 어차피 죽을 몸인데 담배 하나만 피웁시다. 도파민을 맞을 수도 없으니 담배라도 피워야지."

"…그러시죠."

그는 담배를 받아 불을 붙인 후 눈을 감고 폐부 깊숙이 연기를 빨아 당겼다.

"쓰읍, 후우! 좋군요. 담배가 참 달아요."

"다행이군요."

"그거 알아요? 우리 집안은 원래 오래전부터 사업을 해온 집안이라서 어려서부터 돈이 많았습니다. 유주도 알다시피 독립운동가들에게 자금을 대주면서도 안 망하고 잘 살아남아 여기까지 왔죠. 나는 우리 집안이 무척이나 싫었어요. 부유한 집안에서 태어나 자유롭게 살아볼 기회조차 없었으니까."

"독립운동을 한 집안들은 애국심이 투철하죠. 보통은."

"그래요, 우리 집안도 그랬어요. 그래서 사치고 뭐고 부릴 수가 없었어요. 그렇게 돈이 많으면 뭐 합니까? 그걸 제대로 쓰지도 못하는데. 그나마 어려서는 공부를 하느라 자유가 없었고, 청년이 되어선 경영 수업을 받는다고 자유가 없었습니다. 아내도 집안과 집안이 정략으로 맺어주었을 뿐, 사실은 잠자리 몇 번 가진 것이 전부인 쇼윈도 부부입니다. 이런 생활을 하면서도 한 사람은 회장 직에 올랐고, 누구는 그냥 뒷방 신세로 전락했습니다. 내가 억울하겠어요, 안 억울하겠어요?"

"이해는 갑니다만, 그렇다고 해서 사람을 죽인 것이 정당화될 수는 없어요."

"그래요, 정당화시킬 생각은 애초에 나도 없었어요. 하지만 내가 억울하다는 것을 누군가는 알아주었으면 좋겠어요."

유주는 그에게 담배를 한 갑 건넸다.

"다 피우세요. 아마 이것을 다 피우고 나면 정식으로 구속 절차를 밟고 법정에 설 준비가 차려질 겁니다."

"고맙구나. 너도 참 집안의 아웃사이더로 살아가느라 얼마나 힘들어? 이참에 태하에게 시집이나 가지그래?"

"…몸이 많이 안 좋으신 모양이군요."

"후후, 그래. 죽을병에 걸렸으니 몸이 많이 안 좋은 것이 맞지. 아무튼 잘 지내거라. 법정에서 보자고."

유주는 그런 그를 두고 매몰차게 돌아섰다.

*　　　*　　　*

서울지검 유치장 안, 세라가 태우를 찾아왔다.

무척이나 수척해진 태우가 단팥 빵을 허겁지겁 먹어치우고 있는 도중에 그녀가 이혼 서류를 건넸다.

"이혼하자."

"……."

"내 말 잘 들리지? 이제 그만 남남으로 살자고."

태우는 빵을 입에 머금은 채로 소리를 버럭 질렀다.

"이런 씨발! 너는 내가 호구로 보이냐?! 필요할 때만 갖고 단물이 다 빠지니까 버리는 거야?! 내가 누구 좋으라고 이혼을 해줘?! 내가 미쳤어?!"

그녀의 얼굴에 단팥 빵 파편이 잔뜩 튀었지만 그녀는 아랑곳하지 않았다.

"상관없어. 어차피 너희 집안에선 나와 이혼시킬 수밖에 없을 거야. 그래야 네 아버지가 우리에게서 빌려간 자금에 대한 독촉을 당하지 않지."

"…지금 나를 협박하는 거냐?"

"네가 어떻게 행동하느냐에 따라서 네 어머니가 거리에 나앉는지 아닌지 결정된다. 잘 생각해."

이미 세라는 태우를 버리기로 굳게 마음을 먹었으니 지금 태우가 어떤 소리를 해도 그녀에겐 들리지 않을 것이다.

그가 그녀의 얼굴에 빵을 집어 던졌다.

퍽!

"……."

"이런 갈보를 보았나?! 왜, 옛 애인이 찾아오니 아랫도리가 싱숭생숭하디?!"

"…그런 것 아니야. 태하와는 아무런 상관이 없어."

"왜 상관이 없어?! 김태하 그 개자식이 다시 살아오니 나 같은 것은 그냥 안중에도 없는 것 아니야?!"

그녀는 전혀 흔들림 없는 표정으로 말했다.

"그래, 맞아. 막상 태하를 보니 흔들린 것도 사실이야. 하지만 나는 애초에 너를 사랑한 기억이 없어. 네 말처럼 너는 그냥 도구였을 뿐이지, 그 이상도 그 이하도 아니었어."

"이, 이런 씨발!"

순간, 태우가 자리에서 벌떡 일어나더니 그녀의 목덜미를 깨물어 버렸다.

꽈드드드득!

"어, 어허허어어윽!"

"우우우욱, 우우우욱!"

그러자 밖에서 대기하고 있던 경호원들이 당황하여 잠시 멍하다가 뛰어 들어왔다.

"아가씨!"

"이런 미친 새끼를 보았나?!"

퍼억!

"쿨럭쿨럭!"

그의 이빨이 빠져나가고 나자 잘려나간 혈관에서 피가 분수처럼 뿜어져 나왔다.

푸하아아아악!

"허, 허억, 허억!"

"아가씨, 정신 차리세요! 이봐, 어서 구급차 불러!"

"예!"

경호원들의 발 빠른 조치로 사건 발생 5분 만에 구급차가 달려왔다.

삐용, 삐용!

구급차가 달려와 그녀의 목에 난 상처를 지혈시키고 병원으로 옮기는 와중에도 그는 발광을 하고 있었다.

"크아아악! 이런 씨부랄 년을 보았나?! 죽여 버릴 테다!"

그런 그에게 날아든 것은 교도관들의 전기충격기 세례였다.

빠지지지지직!

"어, 어어어어어!"

"이런 미친놈을 보았나?! 사람 목덜미를 물어?!"

설마하니 아내의 목덜미를 물어 구급차를 부르게 될 줄은 꿈에도 몰랐던 교도관들은 그를 독방으로 끌고 갔다.

스읍, 스읍.

그는 두 발이 땅에 끌리는 와중에도 적개심 가득한 눈으로 그녀가 사라진 방향을 향해 소리쳤다.

"…죽일 것이다! 반드시 죽여 버릴 것이다!"

그의 온몸에선 작은 경련이 일어나고 있었고, 교도관들은 그의 몸에 안정제를 투여하여 잠을 재워 버렸다.

*　　　*　　　*

서울 대한병원 1인실.

삐빅, 삐빅.

골든타임을 놓치지 않고 병원을 찾아온 세라는 간신히 목숨을 건질 수 있었다.

목덜미에 붕대를 칭칭 감고 있는 그녀에게 태하가 다가왔다.

"괜찮아?"

"……."

스르르 눈을 뜬 그녀가 태하를 바라보았다.

"…창피하게 여기는 왜 왔어?"

"소식을 들었는데 어떻게 안 와? 차라리 다른 병원에 가던지. 대한병원에 실려와 놓고선 내가 오지 않기를 바랐어?"

"……."

그녀는 고개를 돌렸다.

태하는 돌아간 그녀의 고개를 따라 굳이 일어나지 않은 채 물었다.

"놈은 왜 만났어? 안 그래도 신경이 불안정할 텐데."

"…이혼 서류를 건넸어."

"이혼?"

"우리 집안에서 이제는 태우와 정리하라고 하시더라고."

"역시 빠르구나."

"너와 이어지지 않을 것이라면 지금이라도 빨리 정리하는 편이 다른 집안에 팔아먹기 좋을 테니까."

"……."

그녀는 태하에게 무덤덤한 어투로 말했다.

"그만 나가줘. 지금은 너를 만나고 싶지 않아."

"그래, 알았다."

자리에서 일어선 태하가 병실 문을 열고 나서려는데 그녀가 불현듯 물었다.

"…나를 좋아하긴 했어?"

"글쎄."

"확신이 없구나?"

"확신이 있다면 거짓말이겠지."

"…나는 20년이 넘도록 너 하나만을 바라봤는데, 너는 아니었던 모양이지?"

"맞아. 나도 그랬어. 하지만 그것을 배신한 사람은 바로 너였어."

그녀는 고개를 돌려 태하를 바라보며 소리쳤다.

"그때는 얘기가 달랐어! 너는 죽은 사람이었다고!"

"아니, 네가 나를 배신한 시점은 그때가 아닌 것 같은데?"

"……."

"가슴에 손을 얹고 생각해 봐. 너 역시 나를 사랑했었는지 말이야."

태하는 뒤도 돌아보지 않고 병실을 나섰다.

*　　*　　*

검찰의 조사가 이뤄지는 동안, 대한그룹 감사팀은 김충평 부자가 빼돌린 자금의 현황을 파악하고 그것을 회수하는 데 초점을 맞추고 있었다.

회장으로 취임한 태하의 지시로 구성된 감사팀은 외부에서 감사전문가를 고용해 프로들로 이뤄져 있었다.

그들이 한번 찍어서 털리지 않은 부서가 없고 털어서 먼지가 나지 않는 곳이 없을 정도였다.

태하는 감사팀장 이시완에게 보고서를 받았다.

"부정 취득 정황이 밝혀진 것은 모두 50억입니다."

"50억? 그것밖에 없어요?"

"나머지는 다 채무입니다. 아무래도 무리해서 지분을 확보하다 보니 빚이 점점 쌓인 것으로 보입니다."

두 부자가 진 빚은 도합 8천억이 넘었다. 아마 정상적인 방법으로는 이 빚을 다 갚을 수 없을 터였다.

그중에는 세라의 집안에서 끌어다 쓴 돈이 많았는데, 아무래도 사돈이라는 이유로 돈을 무분별하게 끌어다 쓴 것 같았다.

회사의 전체적인 지분으로 본다면 8천억은 충분히 변제하고도 남을 자금이었지만 이것은 지극히 개인적인 일이다.

"50억은 그냥 두세요. 이 사람들도 자기 앞가림 정도는 해야 할 것 아닙니까?"

"아량을 베푸시는 겁니까?"

"아무리 그래도 핏줄인데 그냥 매몰차게 알거지로 만들 수는 없잖아요?"

"알겠습니다. 지시대로 조치하겠습니다."

태하는 보고서를 다 읽은 후 곧바로 TV를 켰다.

—정부는 행정부에 소속된 모든 인원의 감사를 시작했는데요, 각부 각처의 비리 공무원들이 무더기로 적발되었습니다. 이에 대통령은 자신 스스로 감사를 받겠다면서 여죄를 낱낱이 밝히겠다고 말했습니다.

태하는 속이 다 시원해지는 것을 느꼈다.

"그래, 진즉 이렇게 되었어야 한다. 이래야 사람 살맛이 나지."

정부는 긴급조치의 일환으로 비리 공무원들이 빼돌린 금액을 전부 국가에 환원시키고 벌금으로 횡령 금액의 300%를 부과했다. 이제 앞으로는 솜방망이 처벌로 범죄자들이 마음 놓고 죄를 저지르는 일이 벌어지지 않을 터였다.

태하는 이메일을 열어 자신과 카미엘 앞으로 온 내사 결과 통지서를 열어보았다.

유책 사유 없음.

"후후, 애초에 털리기만 해서 내사할 것도 없을 거다."

이제는 정말로 자신의 신분을 모두 회복시킨 태하는 떳떳하게 자기 얼굴로 거리를 돌아다닐 수 있게 되었다.

기분이 좋아진 태하가 자리에서 일어섰다.

"라일라."

"예, 회장님."

"밥이나 먹으러 가지. 내가 잘 아는 집이 있는데, 그곳으로 갈까?"

"그러시지요."

라일라와 함께 식사를 하려 자리에서 일어선 태하에게 한 통의 전화가 걸려왔다.

따르르르릉!

[명화방]

아무래도 태하의 신분 회복을 축하한다는 전화인 모양이다.

"김태하입니다."

—천검진 님, 명화방입니다. 신분 회복을 축하드립니다.

"감사합니다."

—혹시 시간이 괜찮으시다면 내일 저녁에 축하연을 열고 싶은데 어떠신지요?

"축하연까지 열 것은 없습니다만."

—아무리 그래도 사문의 일인데 그냥 넘어갈 수가 없어서요. 그리고 이건 방주님께서 직접 명령하신 일입니다.

"대사형께서요?"

—예, 그렇습니다.

집안 어른이 특별히 신경을 썼다는데 연회를 거부할 수도 없는 일이다.

"좋습니다. 내일 제가 미국으로 가겠습니다."

—예, 그럼 그때에 맞춰서 연회를 열도록 조치하겠습니다.

"고맙습니다."

전화를 끊은 태하가 라일라를 바라보며 말했다.

"명화방으로 가야겠는데?"

"…그 느끼한 작자를 또 만나야 하는 겁니까?"

"악의를 가지고 접근하는 것은 아니잖아?"

"그래도 싫습니다."

"하하, 조금만 참아. 내가 라일라에게 찝쩍거리지 말라고 당부해 둘게."

"감사합니다."

이제 일이 슬슬 풀려가는 것을 느끼는 태하이다.

*　　　*　　　*

이탈리아 시칠리아의 한 작은 오두막 안.

파바바밧!

짙게 깔린 어둠을 타고 네 명의 인영이 오두막 안으로 들어왔다. 오두막 안에는 붉은색 원피스를 입은 여인이 앉아 있었는데, 얼굴을 검은색 베일로 가리고 있어서 이목구비가 보이지 않았다.

네 사람은 그런 그녀의 앞에 부복했다.

척!

"대모님을 뵙습니다!"

"그래요, 먼 길 오느라 고생 많았어요."

"아닙니다. 오는 내내 대모님을 뵙는다는 생각에 즐거웠습니다."

"후후, 요즘 들어 립 서비스가 좋아졌네요."

"감사합니다."

이윽고 그녀가 베일을 벗으며 네 사람에게 말했다.

촤락!

"내가 왜 이 얼굴로 나타났는지 아시겠지요?"

"물론입니다."

"그 이교도 놈들이 다시 설치기 시작했습니다. 한동안 잠잠하다 했더니 결국 또다시 마수를 뻗치고 있네요."

"놈의 신상 정보를 확보했습니다. 지금 당장 추격해서 없앨까요?"

"당연한 소리입니다. 그런 버러지 같은 놈을 더 이상 살려둘 필요는 없어요."

"분부대로 놈의 사냥을 시작하겠습니다."

"그래요, 그렇게 하세요."

네 사람이 자리에서 일어설 때쯤, 그녀가 한마디 말을 더 보탰다.

"아참, 내가 깜빡하고 말하지 않은 것이 있네요."

"하명하시지요."

"놈의 여동생이 있을 겁니다. 그 여동생은 건드리지 마세요."

"……?"

"궁금해도 묻지 말고 시키는 대로 하세요."

"예, 알겠습니다."

"그럼 나가봐요."

"분부대로 거행하겠습니다."

파바바밧!

네 사람은 다시 어둠 속으로 녹아들었다.

"…슬슬 또 움직여야겠군."

그녀는 오두막을 나와 황소가 그려진 자동차에 올라탔다.

철컥!

자동으로 문이 열리는 자동차에 몸을 실은 그녀는 대도시로 나가는 배편을 이용하기 위해 움직였다.

*　　　*　　　*

이른 아침, 태우가 정신과 전문의와 상담하고 있다.

전문의가 손과 발이 모두 꽁꽁 묶여 있는 태우를 바라보며 물었다.

"어째서 아내를 물어뜯은 것이지요? 잘못하면 사람이 죽을 수도 있었어요."

"…먹을 만하니까 뜯어 먹은 겁니다."

그녀는 태우에게 설문지를 건넸다.

"여기에 나온 지문을 한번 풀어보시겠어요?"

"답이 있어요?"

"글쎄요, 이 세상에 정답이란 애초에 존재하지 않는 것인지도 모르죠."

"알겠습니다."

그는 의사가 건넨 설문지를 차례대로 풀어보았다.

한데 이상하게도 이 설문지에 나온 지문은 도대체 뭘 의도한 것인지 모를 정도로 일상적이고 추상적이기도 했다.

"두 번째 문을 열었을 때 어떤 고양이가 앉아 있을 것 같은가? 이런 문제가 도대체 나에게 무슨 도움이 된다는 거죠?"

"당신에게는 아무런 도움이 안 됩니다. 저에게는 객관적으로 도움이 되겠지만요."

"…그렇군요."

의사는 아주 중립적이면서도 차갑다고 느껴질 정도로 딱딱한 말투로 일관하고 있었다.

어떨 때엔 아주 단호한 면도 보이는 그녀였지만 그렇다고 공격적인 태도로 태우를 도발하는 경우는 없었다.

그는 그녀가 건넨 설문지를 약 30분 만에 다 풀었고, 그녀는 다시 도화지 한 장을 내밀었다.

"이 안에 당신이 앉아 있는 이 공간에 대해서 한번 그려보세요. 그리고 그 뒷면에는 세상에서 가장 행복했던 순간을 떠올려 표현해 보세요."

"이게 바로 그림치료라는 겁니까?"

"치료는 환자라고 판단이 되면 하는 겁니다. 당신은 아직까지 잠정적인 보균자일 뿐 환자는 아니에요. 일종의 심리 테스트라고나 할까요?"

"그래요, 알겠습니다."

그는 의사가 건넨 도화지에 지금 이 방 안이 가득 차 있는 어둠과 탁한 기운을 아주 세세히 표현해 냈다.

손재주가 꽤나 좋은 태우는 세세하고도 면밀하게 표현해 냈다.

잠시 후, 그는 자신이 연필로 그린 그림을 바라보며 화들짝 놀랐다.

"어, 어어?"

"당신은 지금 아주 작은 양이고 나는 거대한 늑대로 표현되어 있군요. 주변은 온통 암흑으로 가득 차 있고요. 이 암흑 가운데 있는 그림자들은 다 뭔가요?"

"글쎄요, 내 안에 잠들어 있는 불안이 아닐까요?"

그녀는 조용히 고개를 끄덕였다.

"그러니까 한마디로 당신 안에 잠들어 있는 이 불안들이 당신을 괴롭히고 있다고 볼 수도 있겠군요?"

"네, 그렇습니다."

"으음, 좋아요, 이번에는 내가 방금 전에 말한 것처럼 뒷면에 가장 행복했던 순간을 그려보세요."

연필을 잡은 그는 선뜻 그림을 그릴 수가 없었다.

"……."

"왜 그러세요?"

"행복했던 순간이라……. 그게 정확히 어떤 것이지요?"

"통상적으로 자신의 기억 속에 남아 있는 가장 기분 좋은 장면이 바로 행복한 순간이라고 할 수 있겠지요."

그는 실소를 흘렸다.

"후후, 이런 말도 안 되는 일이 다 있나."

"왜 그러시죠?"

"나는 살면서 단 한 번도 행복한 순간이 없었군요. 심지어 결혼식을 할 때에도 행복하지 않았어요. 태하에게 치여서 로비스트로 살아오던 순간도 지옥이었고, 어릴 때부터 지금까지 전부 지옥 속에서 살아왔습니다."

"왜 그렇게 생각하시는데요?"

"…모르겠어요. 난 그냥 행복하고 싶어서 노력한 것인데 정작 행복한 시간은 없던 것 같습니다."

태우는 황망한 눈으로 천장을 바라보았다.

"그냥 이대로 감옥에서 살면서 한동안 자숙의 시간과 해탈의 시간을 갖는 편이 좋겠어요. 한편으론 이곳에서의 생활이 나에게 도움이 될 것 같다는 생각이 드는군요."

"그렇다면 당신의 와이프를 공격한 것은 정신적인 착란이나 공황증상에 의한 것이 아니었던 것이군요?"

그는 고개를 가로저었다.

"당신도 한번 생각해 봐요. 어려서부터 당신의 모든 것을 바친 여자가 있습니다. 그 여자는 평생 나를 단 한 번도 바라봐 준 적이 없어요. 심지어 나와 잠자리를 갖는 동안에도 딴 놈을 생각했지요. 그런 여자가 나를 필요로 할 때엔 나는 결코 단 한 순간도 망설인 적이 없습니다. 하지만 그녀는 달랐어요. 내가 필요 없어지자 씹던 껌처럼 아주 쉽게 나를 버렸습니다. 한 치의 망설임도 없이 말이죠."

"으음, 한마디로 극한의 분노 때문에 그런 일을 저지른 것이군요?"

"…충동적이기도 했죠."

그녀는 자신이 벌인 모든 테스트를 접어버렸다.

탁!

"그래요, 잘 알았습니다. 지금으로썬 당신에게서 그 어떤 정신적인 질환을 발견할 수가 없군요."

"고맙습니다."

"고맙긴요, 그냥 할 일을 했을 뿐인데요."

그녀가 자리에서 일어서는데 태우가 몸을 움찔거렸다.

철컹!

"……."

"왜 그러세요?"

"아닙니다. 당신이 일어나니 함께 일어나 인사를 해주어야 할 것 같았을 뿐입니다."

"그렇군요."

태우의 시선은 자꾸만 그녀의 목덜미로 향했다.

"……."

"김태우 씨?"

"…네, 네?!"

"갑자기 왜 그러세요?"

"아, 아닙니다. 그냥 제 아내가 생각나서 그랬습니다. 당분간 여자를 보고 싶지 않군요."

"그렇다면 다행이네요. 앞으로 몇 년간은 여자를 볼 수 없을 테니까요."

"…그러게 말입니다."

그녀가 접견실에서 나가자 태우는 입술을 짓깨물었다.

뚜두둑.

"하악, 하악!"

태우는 몸이 뒤틀리는 것을 간신히 참아내며 깊은 숨을 토해냈다.

"후우, 죽는 줄 알았네."

잠시 후, 경찰들이 들어와 그를 연행해 갔다.

"자, 갑시다."

"그럽시다."

접견실에서 나가는 그의 얼굴에 묘한 미소가 걸려 있다.

4. 추억을 쌓다

강원도 삼척의 한 선착장.

쏴아아아아!

바람이 불어오고 있는 이곳에는 태하가 아버지와 즐기던 취미 생활의 한 부분이 잠들어 있다.

태하는 선착장에 정박해 있는 고급 요트 위에 올랐다.

“오랜만이군.”

이 고급 요트는 돛으로 배를 움직일 수 있을 뿐만 아니라 꽤 묵직한 맛이 나는 엔진이 설치되어 있어 자동 항해가 가능했다.

태하는 아버지와 함께 요트를 타고 대한민국의 바다를 여행하면서 추억을 쌓았다.

요트 안에는 태하와 아버지가 함께 동, 서, 남해 바다를 향해하면서 잡은 물고기 사진이 가득했다.

그는 요트를 운전할 수 있는 자격증이 있기 때문에 지금 당장 배를 몰고 망망대해로 나갈 수 있었다.

태하는 요트 안의 부대시설을 살피면서 아버지와 자신이 사용하던 장비들을 점검해 보았다.

스쿠버다이빙 장비부터 낚시용품, 스노클링 장비, 소형 제트스키, 수상스키 등이 요트에 들어가 있었다.

취미가 상당히 다양하던 김태평의 피를 물려받은 태하는 바다 위에서 하지 못하는 것이 없는 만능 스포츠맨이었다.

그는 조금 씁쓸한 표정으로 장비 점검을 마쳤다.

"…모두 다 쓸 만하군. 아버지의 말씀대로 장비를 꾸준히 점검한 보람이 있어."

태하는 요트에 시동을 걸었다.

부르르릉!

그는 시동이 걸린 요트 안의 냉장고에 일주일 동안 먹을 식량을 적재했다.

요트에는 엄청난 양의 술이 들어 있기 때문에 딱히 주류를 보충할 필요는 없었다.

"이럴 때 술고래 유전자 덕을 내가 보는군."

오늘부터 휴가를 낸 태하는 앞으로 4박 5일 동안 망망대해를 여행하면서 생각을 정리하게 될 것이다.

태린은 이미 이른 바 '썸남'이 몇 명이나 생겨서 태하와의 항해에 따라나설 수 없는 상황이었다.

원래 바다를 별로 좋아하지 않는 그녀이기도 했지만 약속이 일주일 내내 꽉 차 있어서 도저히 어찌할 방도가 없었던 것이다.

태하는 홀로 짐을 싣고 선착장에서 배를 후진시켰다.

부아아아아앙!

하지만 바로 그때, 태하의 요트 위로 한 여자가 날아들었다.

파밧!

"혼자서 떠나시려고요?"

"라일라? 여긴 어떻게 알고 왔어?"

"아가씨에게 들었습니다. 이런 호화 관광을 혼자서 누리려 하다니 너무하시는군요."

"후후, 호화로울 것도 없어. 바다에서의 5일이 뭐가 그리 호사스럽겠어? 그냥 추억을 쌓는 거지."

"그게 호화스러운 것이 아니면 뭐가 호화스러운 겁니까?"

"으음, 그게 그렇게 되나?"

"아무튼 이번 목적지에 대해서 알려주기나 하시지요."

"동해안을 따라서 항해하다가 남해 바다를 거쳐 영산강으로 갈 거야. 그리고 영산강을 타고 거슬러 올라간 후엔 다시 서해로 빠져나오는 거지."

"꽤나 대장정인데요?"

"일주일 내로 완주할 수 있을지 없을지는 장담할 수 없어. 날씨만 좋다면 4박 5일 내로 충분히 할 수 있을 것 같아."

"그렇군요."

"자, 그럼 한번 가볼까?"

예정에 없던 동료가 탑승하긴 했지만 태하의 여행에서 바뀌는 것은 없었다.

그는 첫 번째 목적지인 부산으로 향했다.

*　　　*　　　*

동해의 망망대해.

쏴아아아아!

시원한 바람이 불어 배가 빠른 속력으로 남하하고 있다.

"풍속이 꽤 센 것 같은데요?"

"지금 이 시기엔 바람이 좋아서 남해까지 순식간에 갈 수 있어. 다만 바람이 너무 크게 일게 되면 요트가 출렁거려서 구토를 유발할 수 있어 문제지."

"후후, 그런 것은 문제가 안 됩니다. 그게 무슨 문제가 되겠어요?"

그녀는 요트 주방에서 만들어온 카나페와 와인을 태하 앞에 차려놓았다.

"한잔하시죠."

"그래, 항해에서 술이 빠지면 무슨 재미야?"

두 사람은 보르도 와인 한 병을 꺼내어 한 잔 가득 따라 마셨다.

꿀꺽꿀꺽!

"후아, 좋다!"

"와인이 참 좋군요. 아버님께서 와인을 수집하셨다고 했던가요?"

"와인뿐만이 아니라 세상이 있는 모든 술을 다 수집하셨지. 지금도 아버지의 술 창고가 서해 인근에 몇 개 있어. 오늘의 항해는 그 술 창고를 찾아서 가는 것이라고 할 수 있지."

"으음, 좋군요!"

그는 아버지의 손때가 묻은 지도를 꺼내어 그녀에게 술 창고의 위치에 대해 설명했다.

"첫 번째 술 창고는 영산강 하류에 있어. 지하 창고에 아주 오래된 담금주와 약술들이 있지. 그리고 여기서 한참을 올라가다 보면 서해로 빠지는 지류가 있는데 이곳에는 와인과 위스키를 저장해 놓은 창고가 있지."

"아주 알찬 여행이 되겠군요."

"창고에는 세상에서 단 한 병밖에 없는 와인도 있어. 라일라는 역시 먹을 복이 있는 여자야. 이런 항해에 함께하게 되다니 말이야."

"후후, 그러게 말입니다."

두 사람이 고즈넉한 분위기에서 항해를 만끽하고 있을 무렵, 요트의 무전기가 울렸다.

치지지지직!

—보스, 보스, 응답하십시오!

"보스?"

"이 목소리는……."

약간 날카롭고도 까칠한 음색, 아무래도 이 목소리의 주인공은 멜리사인 것 같았다.

"멜리사, 무전 채널은 어떻게 알아냈지?"

—저에게도 그만한 정보력은 있습니다. 지금 어디시죠?

"나도 정확한 위치는 잘 몰라."

—그건 저도 압니다. 그냥 좌표나 불러주십시오.

"좌표?"

태하는 고개를 갸웃거리면서 좌표를 읊었다.

"북위 562.3XX."

—알겠습니다. 위치 입감했습니다.

잠시 후, 하늘에서 한 대의 비행기가 날아들더니 낙하산 두 개를 떨어뜨렸다.

펄럭!

"서, 설마……?"

"고공 낙하로 이곳까지 올 생각을 하고 있던 거야?!"

낙하산 하나에는 멜리사가 타고 있고, 다른 하나에는 에밀리아가 타고 있었다.

두 사람은 태하의 배 위에 올라선 후 곧바로 낙하산을 해체시키더니 바다에 던져 버렸다.

촤락!

"치사한 사람들 같으니. 매번 이렇게 둘만의 밀회를 즐기실 겁니까? 우리는 뭐 사람도 아니에요?"

"맞습니다. 보스, 보자 보자 하니까 너무하신 것 아닙니까?"

"…원래 이 여행은 나 혼자 하려던 것이었다고. 너무한 것은 자네들 아니야?"

"아무리 그래도 이건 아니죠. 이런 호사스러운 여행을 단둘이 즐기다니."

멜리사가 고개를 쑤욱 내밀어 태하와 라일라를 번갈아 보았다.

"으음, 뭔가 냄새가 나."

"내, 냄새?"

"두 사람, 저번의 그 밀월여행도 그렇고, 두 사람 사이에 뭔가 있는 것이죠? 그렇죠?"

"에이, 무슨 말도 안 되는 소리를 하는 거야? 라일라가 그런 성격으로 보여?"

"그런 성격이 무슨 성격인데요?"

태하는 에밀리아의 질문에 아무 말도 할 수가 없었다.

"……."

"보스께서 당황하신다. 그만 심문하고 술이나 한 잔씩 받지?"

"네, 알겠어요."

아무래도 태하는 이번 여행이 만만치 않은 여정이 될 것임을 짐작했다.

'큰일이군. 내 휴가가 날아가게 생겼어.'

그는 울상이 되어 술잔을 부딪쳤다.

*　　　*　　　*

그날 오후, 태하는 잠시 배를 정지시킨 후 스킨스쿠버 장비를 착용했다.

"정말 지금 바다에 들어가실 겁니까?"

"그럼 지금 바다에 들어가지 언제 들어가나?"

"이제 막 해가 지려고 합니다만?"

"지금 바다에 들어가야 꽤 먹을 만한 고기를 낚을 수 있어."

태하는 스킨스쿠버 장비를 착용한 후 바다로 들어가 해산물을 채취하려는 생각이다.

연안에 배를 세워두고 갯바위 아래쪽에 붙은 해산물을 따거나 주변의 물고기를 사냥하면 아주 거한 한 상이 차려질 것이다.

태하는 거침없이 바다 속으로 몸을 던졌다.

첨벙!

수중 무전기를 귀에 연결시킨 태하는 라일라의 무전대로 움직였다.

—보스, 좌측에 물고기들이 밀집되어 있습니다. 작살로 잡으면 충분히 잡겠어요.

"알겠다."

태하는 그녀의 말대로 좌측으로 헤엄쳐 간 후 갯바위의 소용돌이 인근에 있는 물고기들을 바라보았다.

물고기 중에는 감성돔, 붕장어, 참돔, 농어 등 아주 씨알이 굵은 월척이 대거 몰려 있었다.

'후후, 좋아! 이 정도면 오늘 저녁은 문제가 없겠어!'

태하는 재빨리 물갈퀴에 내력을 불어넣어 수중에서 초상비를 펼쳤다.

슈우우우욱!

마치 수달처럼 빠르게 앞으로 쏘아져 나간 태하는 천마수라장으로 물고기들을 기절시켰다.

우우우웅, 파앙!

꼬르르르륵!

'좋아, 성공이다!'

내력의 파동으로 생성된 천마수라장을 맞은 물고기들이 전부 기절하자, 태하는 그것을 가방에 담았다.

그야말로 바다에 둥둥 뜬 물고기를 망태기에 담아 올리는 것이니 이것보다 더 짭짤한 사냥은 없을 터였다.

이어 태하는 갯바위 인근에서 헤엄치며 바위에서 뭔가 채취할 수 있는 것이 있나 확인해 보았다.

'홍합과 소라가 좀 있군. 그래, 이 정도면 생색낼 수 있겠어.

바다에서 조금 떨어진 갯바위에는 자연산 홍합이 자생하는데, 이것을 긁어내어 탕을 끓이면 아주 훌륭한 안주가 된다.

여기에 자연산 소라와 해삼까지 곁들이면 아주 훌륭한 술상이 차려질 것이다.

"이봐, 요리할 준비는 다 되었지?"

—잡아만 오십시오. 제가 아주 깔끔하게 회를 쳐드리겠습니다.

한때 일본에서 활동한 경력이 있는 에밀리아는 초밥의 장인에게 회를 치는 법과 초밥 쥐는 법을 배웠다.

그리고 원래 요리에 취미가 있던 라일라는 태하가 잡아온 해산물로 지중해풍 안주를 만들겠다며 벼르고 있는 중이다.

태하는 대략 한 시간 동안 그물망 하나에 가득 찰 정도로 해산물을 담아서 요트 위로 올라왔다.

꼬르르르르륵!

"오셨습니까?"

"후우, 오랜만에 잠수를 했더니 기분이 아주 상쾌하군."

"샤워를 하고 오시면 저희들이 술상을 봐놓겠습니다."

"고마워."

태하는 스킨스쿠버 장비를 벗어 민물과 방수액으로 깔끔하게 정비한 후 요트 선실에 있는 샤워실에서 바닷물을 깔끔하게 씻어냈다.

쵸라라락!

"어허, 좋다!"

연신 감탄사를 내뱉던 태하는 샤워실에 놓여 있을 수건을 찾았다.

그는 샤워가운 겸용 수건을 집어 들어 몸을 닦으려다 뭔가를 발견하곤 실소를 흘렸다.

"이게 뭐야? 꽃가루? 하하, 별짓을 다 해놓았군."

아무래도 아기자기한 것을 좋아하는 멜리사가 태하를 위해

타월 위에 꽃가루를 뿌려놓은 모양이다.

이럴 때 보면 영락없는 천생 여자라는 생각이 드는 태하이다.

기분이 좋아진 태하는 이 배에서 해산물과 가장 잘 어울리는 화이트 와인을 꺼내어 갑판 위로 올라갔다.

치이이이익!

갑판 위로 올라서니 해산물을 굽고 볶는 소리가 태하의 귀를 간질인다.

"오오, 다들 열심이군."

"조금만 기다려 주십시오. 이제 곧 산해진미가 차려질 겁니다."

이제는 멜리사까지 요리에 가세하여 의도치 않은 삼파전이 벌어지고 있었는데, 에밀리아는 일식, 멜리사는 중식, 라일라는 지중해 요리로 대결을 하고 있었다.

태하는 그녀들의 요리 대결을 바라보며 여유롭게 와인을 한 잔 따라 마셨다.

꿀꺽꿀꺽!

"크흐, 좋다!"

아마도 사냥을 다녀온 수컷 늑대들이 이런 기분으로 하루의 마지막을 만끽하지 않을까?

태하는 자신이 잡아온 해산물로 세 명의 미녀가 요리를 해주니 뭔가 기분이 미묘하게 좋아지는 것을 느꼈다.

잠시 후 태하는 그야말로 한 상 가득 차려진 해산물 요리와 마주했다.

"우와, 이게 다 뭐야?"

"중국 전통 요리입니다. 마침 도미가 실해서 아주 좋은 조림이 되었어요."

"멜리사, 제법인데?"

"요리를 드셔보면 제법이라는 말이 쏙 들어갈 겁니다. 감탄, 저는 감탄사를 기다리고 있거든요."

기름에 한 번 튀긴 후에 특제 소스를 부어 조린 도미조림은 그 향부터 가히 일품이었다.

하지만 멜리사의 요리가 눈에 들어오는 동시에 에밀리아의 일식 요리도 화려한 자태를 뽐내고 있다.

"저는 모둠 초밥과 회, 그리고 참돔 맑은 국을 차렸습니다. 소주를 좋아하시는 보스께서 가장 맛있게 드실 거라 생각했습니다."

"으음, 좋군! 이 정도면 정말 소주를 몇 병 마셔도 되겠어!"

바로 그때, 라일라가 태하에게 지중해 요리를 몇 접시나 건넸다.

"저는 홍합과 소라로 만든 파스타에 각종 해산물로 만든 빠에야, 그리고 스튜를 끓였습니다. 풍미가 아주 좋아 와인에 잘 어울릴 겁니다."

"그래그래, 이 정도면 아주 훌륭해!"

세 여자가 건넨 요리를 마주한 태하는 과연 무엇부터 먹어야 할지 몰라 고민에 빠졌다.

"으음……."

"뭐가 일등입니까?"

태하는 그녀들의 시선이 부담스러워서 차마 한 수저도 음식을 뜰 수가 없었다.

그는 세 사람을 자리에 앉히며 말했다.

"이런 말도 안 되는 경연이 어디 있어? 우리가 함께 맛있게 먹을 수 있으면 그만이지 왜 굳이 일등을 뽑아?"

"으음, 그건……."

"자자, 다들 한 잔씩 하자고."

"…알겠습니다."

어째서 세 사람이 경쟁심에 빠져들었던지 태하는 그녀들을 다독이느라 정신이 없었다.

처음엔 투덜거리던 세 사람도 술이 한잔 들어가자 태도가 변하였다.

꿀꺽!

"으음? 이건 또 무슨 와인인가요?"

"빈티지가 무려 250년이나 된 와인이야. 이 정도로 관리가 된 것이 신기할 정도지."

"산도와 당도가 아주 잘 어우러져 환상의 맛을 자아내는군요!"

"하하, 그렇지?"

"한 잔 더 주십시오."

"저도요!"

아버지의 유산과 다름없는 와인이 줄어든다는 것은 마음이 아팠지만 소중한 사람들과 함께 나누는 즐거움에 비할 바는 아니었다.

'감사합니다, 아버지.'

술을 마시는 동안 태하는 아버지에게 감사의 인사를 올렸다.

* * *

대한민국 최고의 항구도시 부산을 거쳐 목포로 향하는 태하의 요트에는 때 아닌 낚시 경연이 펼쳐졌다.

촤라라락!

"꽁치다!"

"후후, 그런 꽁치 나부랭이나 잡아서 되겠어?"

"…낚시는 운이에요. 보스가 그냥 운이 좋은 거죠."

"으음, 정말입니까, 보스?"

멜리사는 요즘 라일라에게 뭔가 미묘한 열등감을 느끼고 있는 것 같았는데, 태하는 그 이유를 알 수가 없었다.

태하는 나란히 낚싯대를 잡고 앉아 있는 세 사람에게 중립적인 태도로 일관했다.

"낚시는 반반이야. 전략과 운이지. 거기에 노력이 더해지면 월척을 낚을 수 있어."

"거봐요! 낚시는 운이라잖아!"

"으음, 아니지. 절반은 전략이라잖아. 나는 전략이 좋아서 이런 거물을 낚았지."

바로 그때, 멜리사와 라일라 사이에 앉아 있던 에밀리아의 낚싯대가 거칠게 흔들리기 시작했다.

투둑, 투두두두둑!

"어, 어어?"

"대, 대물이다! 이러다간 낚싯대가 부러지고 말겠어!"

"호호호호! 내가 대어를 낚은 것 같은데요?!"

"……."

태하는 뜰채로 그녀의 표적을 끌어올려 그 실체를 확인시켜 주었다.

파다다다다닥!

"차, 참치?!"

"허, 허억! 참다랑어가 왜 여기서 잡혀?!"

"뜨헉! 그것도 크기가 거의 150㎝에 달하는 것 같아! 이런 황당한 월척이 다 있나?!"

원래 참치는 남태평양 깊은 바다에서 잡히지만, 최근에는 수온이 올라가면서 남해안과 동해안 일부에서도 그 모습을 찾아볼 수 있었다.

태하는 참치를 잡자마자 아가미를 칼로 찔러 피를 뺐다.

촤라라락!

"우와, 이게 다 뭐야? 정말 대박인데?"

"저도 참치는 처음입니다. 초밥 장인에게서 회를 뜨는 법만 배웠지 해체하는 방법은 저도 모릅니다."

"해체는 내가 할 줄 알아. 아버지가 참치 마니아셨거든."

"잘됐군요!"

에밀리아와 태하는 신이 나서 참치에 집중하고 있고, 라일라와 멜리사는 딱딱하게 굳은 표정으로 낚시에 열중하고 있었다.

"흥! 저런 월척, 나도 낚을 수 있어!"

"당연하지. 나라고 못할 것이 뭐야?"

두 사람은 어느새 일심동체가 되어 하이파이브를 했다.

따악!

태하는 그런 두 사람이 마치 어린아이처럼 느껴졌다.

'알고 보면 아주 순진한 아가씨들이라니까.'

에밀리아와 태하는 참치를 주방으로 들고 들어가 해체를 시작했다.

스릉!

신선도 유지가 필수인 참치를 잡는 데 사용할 칼은 다음 아닌 한빙검이었다.

한빙검은 아주 예리하게 참치를 해체하면서도 그 신선도를 유지할 수 있으니 해체에 아주 최적화된 검이라 할 수 있었다.

태하는 경건한 마음으로 검 앞에 고개를 숙였다.

"바다에서 대물을 만났습니다. 사부님께서 해체하신다는 마음으로 자르겠습니다."

이윽고 그는 한빙검을 이용하여 참치의 배를 갈랐다.

촤락!

참치는 거대한 덩치에 비해 내장은 별로 없지만 일반적인 물고기에 비해 소장의 굵기가 남다르다.

"이야, 이 정도면 거의 구이를 해먹어도 되겠는데?"

"하지만 참치의 내장은 먹지 않지요."

"…그러게 말이야."

참치의 내장을 바다에 버린 태하는 가장 먼저 참치의 머리고기를 발라냈다.

뚜둑, 뚜둑!

참치의 볼살은 한 마리에서도 아주 소량밖에 나오지 않지만 이번엔 그 크기가 커서 네 사람이 나누어 먹어도 충분할 것으로 보였다.

태하는 참치의 볼살을 해체한 후 눈과 정수리 살을 발라내어 곧바로 냉장시켰다.

"빙풍장!"

꽈드드드득!

진기를 가장 낮은 경도로 출수시킨 빙풍장은 살이 아주 탱글탱글하게 살아 있으면서도 냉장이 유지되도록 해주었다.

이제 태하는 참치의 하이라이트라고 할 수 있는 대뱃살을 해체시키기로 했다.

뚜둑, 뚜두두둑!

"으음, 육질이 아주 찰지군요."

"이런 참치를 바다에서 만났다는 것은 평생에 한 번 있을까 말까 한 일이야. 원양어선을 타도 이런 거대한 참치는 만나기 힘들거든."

태하는 대뱃살을 먹을 만큼만 자르고 나머지는 급랭시켜 냉동고에 보관했다.

"내일쯤이면 타다키를 해먹을 수 있겠지?"

"뭘 좀 아시는군요?"

이윽고 태하는 구이용으로 먹게 될 등살을 해체시켜 일부분을 남기고 모두 냉동고로 직행시켰다.

이것들은 숯불을 피워 구이를 해먹으면 그 풍미가 비교할 대상을 찾기 힘들 정도로 일품이다.

한참을 해체에 심취해 있던 태하에게 라일라와 멜리사가 다가왔다.

꿀꺽!

"해, 해체는 다 끝났습니까?"

"완벽하게 해체시켰어. 이제 회로 이것들을 먹기만 하면 끝이야. 에밀리아가 회를 뜰 테니 한번 지켜보자고."

"예, 보스!"

이럴 때엔 아주 말을 잘 듣는 두 사람이다.

스릉!

에밀리아는 일본 회칼 장인이 만든 칼로 아주 예리하고도 집중력을 발휘해 회를 떠나갔다.

스윽, 스윽!

회는 부위별로 뜨는 방법이 다 다르기 때문에 잘못하면 횟감의 질을 망칠 수도 있었다.

때문에 그녀는 자신의 기억과 경험을 토대로 알맞은 방법을 사용하여 정밀하게 회를 떠냈다.

"후우, 다되었습니다."

"다, 다된 건가요?!"

"그래, 이제 먹어도 좋아."

"가, 감사합니다!"

멜리사가 가장 먼저 회를 한 점 집어 먹었다.

사르르륵!

"노, 녹습니다! 회를 먹긴 먹었는데 먹은 줄을 모르겠어요!"

"그게 바로 참치의 매력이지."

태하는 멜리사에게 참치의 눈알을 담은 소주를 건넸다.

"이게 참치 눈물주라는 거지? 원래 막내나 연장자에게 돌아간다고 하니 멜리사가 마시는 것이 옳은 것 같군."

"저, 정말 그래도 괜찮습니까?"

"줄 때 마셔. 자연산 참치로 만든 눈물주를 언제 또 마셔보겠어?"

"가, 감사합니다!"

태하는 또 한 잔의 눈물주를 라일라에게 건넸다.

"자, 이건 자네가 마셔."

"에밀리아도 있는데……."

"전 괜찮습니다. 보스와 함께 볼살을 먹으면 됩니다."

"그럼 사양하지 않고……."

그녀는 애초에 눈물주가 탐났던 모양인지 아주 맛깔스럽게 술을 비워냈다.

꿀꺽!

"크흐, 좋다!"

“라일라도 은근히 미식가란 말이지.”

“예전부터 그랬습니다. 우리보다 훨씬 더 입이 고급이셨지요.”

“사람이 살아가는 데 식도락보다 더 좋은 쾌감이 있겠어?”

“하긴.”

태하는 한 상 거하게 차려진 참치 회와 초밥을 앞에 두고 건배를 제의했다.

“자, 그럼 고생한 셰프에게 건배를 올리자고. 에밀리아, 고생 많았어!”

“감사합니다!”

“별말씀을요.”

오늘도 네 사람은 배가 터질 때까지 고급스러운 요리를 만끽했다.

*　　　*　　　*

이제 여행은 영산강에 위치한 술 창고를 지나 강변의 끝을 향하고 있었다.

태하는 이곳에서 낚시로 잡은 민물고기를 가지고 잡어 매운탕을 끓였는데, 이것으로 약술 네 병을 해치운 일행이다.

라일라는 갑판에 나와 담배를 피우고 있는 태하에게 다가갔다.

"보스, 뭐 하십니까?"

"그냥 풍류를 즐기는 중이지."

그녀가 태하에게 미소를 지으며 말했다.

"감사합니다."

"응? 뭐가?"

"여러 가지로 말입니다. 원래 저들은 웃을 일이 별로 없었습니다. 저와 함께 다니느라 항상 고생만 죽도록 했지요."

태하는 고개를 가로저었다.

"아니야. 나 역시 자네들이 없었다면 이렇게 즐거운 한때를 보낼 수가 없었을 거야."

"보스……."

석양이 비치는 바다 위에 선 두 사람의 눈동자에 잠시 핑크빛 기류가 어리는 것 같았다.

하지만 이런 광경을 가만히 두고 볼 에밀리아와 멜리사가 아니었다.

"험험! 여기서 뭐 하십니까? 타이타닉 찍으십니까?"

"…언제 나왔어?"

"슬슬 한잔할 때가 된 것 같아서요."

"하여간 자네들은 타이밍도 기가 막힌단 말이야. 이곳이 포인트인 줄은 어떻게 알았어?"

"듣기론 빠가사리 같은 한국 토종 물고기도 꽤 있다면서요?"

"하하, 잘 아는군!"

"……."

낚시 얘기가 나오자마자 다시 정신을 빼앗긴 태하이다.

하지만 라일라는 그런 그의 천진난만함이 좋다고 생각했다.

'그래, 난 이런 보스를 좋아하는 거야.'

그녀가 두 부하들에게 제안했다.

"오늘 낚시에서 이기는 사람이 일주일 동안 야근 제외. 어때?"

"오오!"

"당장 채비하시지요!"

네 사람은 다시 낚싯대를 강바닥에 드리웠다.

휘익!

라일라는 그 와중에도 환한 미소를 짓는 태하의 얼굴을 계속해서 바라보고 있었다.

5. 의문의 그림자

대한민국은 한바탕 뒤집어진 후 모든 것이 변했다.

지금까지 지지부진하게 미뤄오던 국가의 모든 사업이 추진되어 분열되었던 국론이 점점 하나로 통일되기 시작한 것이다.

가장 먼저 해결된 것은 바로 차기 주력 전투기 사업이고, 그 후발주자로 추진된 것은 대운하 사업이었다.

대운하 사업은 사실상 가장 실패한 정책으로 거론되었는데, 생태계 파괴와 용수 부족 현상을 일으킨 주범으로 지목되었다.

대한민국의 4대 하천을 하나로 잇는다는 목적의 대운하 사업은 한반도를 운하로 연결하여 수상 운송과 관광산업 유치를 이끌어 낸다는 취지였다.

하지만 강과 강을 잇는 연결 고리인 각 강의 보가 제 기능을 하지 못하면서 극심한 가뭄과 용수 부족 사태를 초래했고, 부실공사와 공사 미완성으로 생태계를 파괴시키는 심각한 문제가 도래하였다.

정부는 그동안 대운하 사업을 통해 부당 이득을 챙긴 일당에게 받아낸 과징금과 반환금을 토대로 새로 사업자를 선정하도록 했다.

국민이 사업의 진행을 일목요연하게 알 수 있도록 자재 비용과 인건비 등을 모두 공개하여 진행한다는 것이 첫 번째 의결과제였다.

대한그룹은 대운하 사업의 첫 번째 사업자 후보로서 공사비 협상을 진행하고 있었다.

건설사 사장으로 부임한 제프가 대운하 사업팀 연성훈과 제10차 협상을 벌이고 있다.

대한건설에게 할당된 공사 지역은 낙동강 일대였다.

대한민국 대운하 중에서 가장 길이가 길고 막대한 공사비가 들어간 낙동강 유역의 부실 공사 의혹은 18대 정부를 최악의 정부로 물들인 주역이 되어버렸다.

정부는 이곳에 보수공사를 진행시키고 지금까지 진행되다만 공사를 마저 진행시키도록 했다.

대한건설에 제안된 금액은 4조 5천억 원. 만약 이대로 공사를 착수한다면 대한건설로는 엄청난 손해를 감수해야 할 것이다.

대한민국 최고의 건설사로 손꼽히는 대한건설이지만 단일 사업으로 밀어붙이자면 막대한 자금이 필요했다.

특히나 대운하 사업처럼 큰 국영사업의 경우엔 건설사뿐만이 아니라 대한그룹 전체가 거의 풀가동되어 사업을 진행한다고 볼 수 있었다.

2009년 당시 낙동강 지구에 투입된 자금은 9조 7천억 원으로, 지금의 거의 두 배에 달한다고 볼 수 있다.

지류의 거의 모든 보가 처음부터 엉터리로 설계되었다는 의혹이 제기되었고, 결국 행자부와 수자원공사가 설계도면 공모전까지 벌여 다시 설계도면을 완성하였다.

이제 이 설계도면대로 보를 다시 보수하고 주변 경관을 바로잡아야 하는데, 지금의 자금으론 턱도 없이 부족했다.

하지만 연성훈은 건설사의 이익부담금을 조금만 더 줄이면 충분히 사업이 가능하다고 주장했다.

"투명한 공사, 애초에 대한건설이 주장하던 것 아닙니까?"

"…투명도 어느 정도껏이지요. 이대로 건설을 추진했다간 모두 다 손가락 빨게 생겼습니다."

"5조 원이면 건설비 뽑고 일정 금액이 이익금으로 발생될 수도 있을 텐데요?"

"그건 어디까지나 추측에 불과합니다. 진짜 뚜껑을 열어보면 어떻게 될지 아무도 몰라요."

만약 지금 대한건설이 낙동강 보수 사업에서 빠진다면 정부는 차선책으로 다른 그룹을 알아보거나 공사 구간을 쪼개어 몇 개의 시공사를 짜깁기하는 수밖에 없었다.

하지만 정부의 입장에선 대한건설처럼 엄청난 규모의 건설사 하나를 잡아놓고 투명하게 족치는 편이 나을 것이다.

그게 관리하기도 쉽고 문제가 발생했을 때도 시정이 쉬울 터였다.

제프는 그것을 잘 알고 있기 때문에 일부러 조금씩 공사 금액을 늘려 유사시에 대비하려는 것이다.

만약 공사가 잘못되면 건설사는 막대한 손해를 감수해야 하며 국민의 비난까지 한 몸에 받아야 한다.

그나마 하청업체들은 돈만 받으면 그만이지만 본청인 대한그룹은 앓는 소리 한번 없이 참고 넘어가야 하는 셈이다.

제프는 이번에도 협상을 무효화시키기로 했다.

"차라리 공사를 접겠습니다."

"5조 원짜리 공사를 포기하겠다고요? 그냥 다 된 밥상에 숟가락만 얹는 겁니다만?"

"그 밥이 탄 밥인지 쉰밥인지 모르니 문제지요."

"이번 공사가 끝나면 탄 밥 먹고 쉰 밥 먹은 보람이 있을 겁니다. 아시죠? 건설사는 업적과 이미지로 먹고산다는 것을."

"……."

"잘 생각해 보시고 다음 달까지 답을 주십시오."

"그렇게 하겠습니다."

제프는 연성훈을 내보내고 난 후 진이 다 빠진 얼굴로 축 늘어졌다.

"…힘들군. 하여간 사람 기 빨아먹는 데는 뭔가 있는 놈이라니까."

바로 그때, 사장 집무실 문이 열렸다.

철컥!

"협상은 잘했어?"

"잘 안 됐어."

"으음, 그래?"

레이첼은 제프에게 박카X를 한 병 건넸다.

"피로 회복에 좋대."

"후후, 고마워. 이 시큼한 것이 뭐라고 매일 한 병씩 꼭 마시게 된다니까."

한국인의 대표 피로 회복제를 달고 사는 것이 습관처럼 굳어진 것을 보면 제프도 한국 사람이 다 된 모양이다.

"이따가 돼지고기 김치찌개에 소주나 한잔하자고."

"좋지."

두 사람은 이제 이렇게 소소한 술자리를 갖는 것을 낙으로 여기며 살게 되었다.

어쩌면 북유럽으로 가는 것보다는 이렇게 도시에서 하나의 낙을 찾아 사는 것도 나쁘지 않은 인생인지도 모른다.

그들이 자리에서 일어서려는데 비서실에서 전화가 걸려왔다.

따르르르릉!

"네, 사장입니다."

—사장님, 손님이 찾아오셨는데요?

"손님이요?"

제프는 무심결에 손목시계를 보았다.

시간은 이제 저녁을 훌쩍 지나 밤으로 향해가고 있었다. 누군가 찾아오기엔 시간이 너무 늦었다.

"이상하네. 누구라고 하던가요?"

—미국에서 왔다고 하는데요.

"미국이라……."

조직이 개편되면서 미국에 있던 조직원이 모두 회사로 유입되었고, 그들은 지금 일을 배우느라 정신이 없는 상태였다.

레이첼이 고개를 갸웃거렸다.

"이상하네. 보스께서 다들 연수를 보냈거나 실무에 투입시키지 않았나? 미국에서 올 사람이 누가 있어?"

"그러게 말이야."
순간 제프는 등골에 싸늘한 기운이 느껴졌다.
휘이이이잉!
"으, 으으으! 뭐지?!"
"왜 그래?"
"뭔가 엄청나게 싸늘한 기운이 느껴지는데?"
"그래? 난……."
바로 그때였다.
우우우우웅, 콰앙!
"어흐윽!"
"크허억!"
제프와 레이첼은 집무실 벽이 산산조각 나는 바람에 기대로 고꾸라져 뒤로 밀려나고 말았다.
그나마 충격이 머리로 전해지지 않아 정신을 잃지 않는 것이 다행이었다.
"뭐, 뭐야?!"
"…이곳이 이교도의 소굴인가?"
제프는 자리에서 벌떡 일어나 권총을 꺼내 들었다,
철컥!
"이런 미친 자식! 어디서 보냈나?! 요즘 중국 DMS그룹에서 우리를 적대적으로 찍었다더니 그놈들이냐?!"

"으음, 그놈들과 아주 관련이 없다면 거짓말이지. 하지만 오늘은 그런 장사치들의 부탁으로 온 것이 아니다. 우리는 이교도들을 소탕하는 레지스탕스다."

"뭐, 뭐가 어째?"

그는 손을 뻗어 제프에게 푸른색 기운을 뿜어냈다.

우우우우웅, 퍼버버벅!

"쿨럭!"

"제, 제프!"

총구가 뒤틀릴 정도로 엄청난 압력이 전해져 제프의 갈비뼈를 강타하였고, 그는 폐와 늑골에 심각한 타격을 입었다.

한차례 피를 토해낸 제프에게로 달려간 레이첼이 의문의 사내를 바라보며 소리쳤다.

"이런 미친 자식! 도대체 다짜고짜 왜 이러는 거야?!"

"이교도를 살생하는 것은 죄악이 아니라 천국으로 갈 선행이라는 말이 있다. 알고 있나?"

"무슨 개소리를 지껄이는 거야?!"

"후후, 개소리인지 아닌지는 나중에 두고 보면 알 일이고."

그는 레이첼에게 파란색 대거를 들이밀며 말했다.

척!

"네 보스를 찾아서 결판을 내야 이 재상이 끝날 것이다. 만약 그게 안 된다면 네놈들은 하나둘 죽어 명줄이 다 끊어질 거야."

"…보스가 너처럼 비루한 자식을 만나줄 것 같으냐?!"

"으음, 역시 이교도들은 반항도 화끈하게 한다니까."

그는 레이첼의 아킬레스건을 대거로 찍어버렸다.

퍼억!

"으아아아아악!"

"그 잘난 충성심 때문에 절름발이가 되어봐야 정신을 차리지. 결국 신을 배반한 놈들은 죽고 만다. 이건 2천 년 전부터 내려오는 진리이다. 꼭 기억하라고."

"하아, 하아!"

거친 숨을 내쉬는 그녀에게 사내가 손을 뻗었다.

우우우웅, 퍼버버버벅!

"으허어억!"

그녀의 온몸에서 피가 분수처럼 튀어 오르며 레이첼은 그 자리에서 정신을 잃고 쓰러져 버렸다.

사내는 아무렇지도 않다는 듯이 두 사람의 핸드폰을 빼앗아 회사를 나섰다.

*　　　*　　　*

미국 브룩클린으로 떠나려던 태하는 제프와 레이첼의 입원 소식을 듣곤 다시 회항하여 한국으로 돌아왔다.

삐빅, 삐빅.

한국병원 중환자실에 나란히 누워 있는 제프와 레이첼을 바라보며 태하가 의사에게 물었다.

"어떻게 된 겁니까?"

"뭔가 물리적인 압력을 받아서 내부의 장기가 손상을 입었습니다. 뇌가 압박을 받아 뇌진탕이 진행되었고요."

"생명에는 지장이 없는 겁니까?"

"일단 괴사는 면했습니다만 내부의 장기들이 제 기능을 잃어버렸습니다. 경과를 지켜보면서 수술이 필요한 부위를 판단하는 수밖에 없어요."

"…빌어먹을. 도대체 누가 이런 짓을 벌일 수 있단 말인가?"

태하는 붕대를 칭칭 감은 레이첼의 다리를 가리키며 물었다.

"이곳은 왜 이런 겁니까?"

"뭔가 뾰족한 흉기로 아킬레스건을 찔렀어요. 운이 좋아서 완전히 잘려 나간 것은 아니지만 그렇다고 온전하다고도 볼 수 없습니다."

"…못 걷게 되는 겁니까?"

"그렇다고 볼 수 있죠."

"……."

이제 막 한국에 적응하여 그룹의 중역으로 올라선 제프가 타격을 입은 것은 태하로선 상당한 손실이었다.

"…빌어먹을. 도대체 누가……."

바로 그때, 제프가 눈을 떴다.

"으으윽!"

"정신이 좀 드나?"

"보, 보스……!"

자리에서 일어서려던 그의 가슴을 손으로 민 태하가 말했다.

"그냥 누워 있어. 일어설 상황이 아니야."

"죄송합니다."

"죄송은 무슨, 사람이 다쳤는데 무슨 사과야."

"……."

"그나저나 도대체 어떤 자식이 이런 일을 벌인 거야? 보안팀은 그동안 무얼 했고?"

"모르겠습니다. 도대체 놈들이 어떻게 비서실을 뚫고 사장실까지 들어왔는지 말입니다."

보안팀은 조직 내 최고의 히트맨들로 구성되어 있고 그룹의 보안은 감녕이 총괄하고 있었다.

드르륵!

때마침 보안총괄이사인 감녕이 병실 안으로 들어왔다.

"보스, 오셨소?"

"어떻게 된 거야? 어째서 이들이 여기에 누워 있게 된 거지?"

"…어떤 빌어먹을 놈들이 내가 없는 틈을 타 조직원들을 다 쓸어버리고 혼자서 사장실까지 돌파한 모양이오."

"호, 혼자서 그 많은 히트맨을 쓰러뜨렸다고?"

"유감스럽지만 사실이오. 내가 CCTV로 모두 다 확인했소."

"허, 허어!"

"아무래도 그가 보통내기는 아닌 것 같소. 한번 보시겠소?"

그가 태하에게 CCTV 화면을 보여주었는데 그 안에는 가히 상상을 초월하는 방법으로 히트맨들을 쓸어버리는 사내가 들어 있었다.

슈가가가각, 퍼억!

─끄허억!

"뭐, 뭐야? 무공인가?"

"이런 무공이 있다는 소리는 한 번도 들어본 적이 없소."

태하는 북해빙궁에서 이 세상에 있는 모든 무공에 대해서 공부했지만, 이런 식으로 사람을 때려눕히는 방법이 있다는 소리는 단 한 번도 들어본 적이 없었다.

그는 깊은 고민에 빠졌다.

"…도대체 왜 이러는 걸까?"

"그러게 말이오. 뭔가 목적이 있어서 이러는 것 같기는 한데 말이오."

자리에 누워 있던 레이첼이 눈을 떴다.

"으으음……."

"레이첼, 정신이 좀 드나?"

"…보스, 오셨습니까?"

"그래. 다리가 그렇게 된 것은 유감이다. 내가 네 다리를 고칠 수 있는 방안에 대해서 알아보마."

"예, 감사합니다."

그녀는 태하에게 사내가 남긴 말에 대해서 설명했다.

"그놈들, 보스를 이교도라고 칭했습니다."

"이교도?"

"뭐라고 했더라? 이교도를 살생하는 것은 천국으로 가는 선행이라고 한 것 같은데……."

"뭐야, 그게? 무슨 말이 그렇게 엉터리지?"

"그러게 말입니다. 하지만 사실입니다. 그놈들이 저에게 그렇게 말하면서 뭔가 엄청난 압력을 행사했어요."

태하는 도무지 이 상황을 이해할 수가 없었다.

"아무래도 안 되겠어. 감녕, 우태와 함께 조직을 지켜줘. 나는 명화방에 다녀와야겠어."

"그렇게 하시오. 내가 최선을 다해 지켜주겠소."

잠시 후, 추나희와 유주가 병실 안으로 들어왔다.

드르륵!

"태하야, 나 왔어."

"회장님, 안녕하세요?"

"그래, 두 사람 모두 잘 왔어요."

그는 추나희와 유주에게 이번 사건의 경위에 대해 설명하고 그에 대한 후속 조치를 부탁했다.

"우리 조직에서 보호하겠지만 그래도 불안해서 말이야."

"걱정하지 마세요. 형사들을 통해서 핫라인을 설치하고 경찰 특공대를 급파할 수 있도록 해놓았어요."

"고마워요, 경감님."

"별말씀을. 그리고 제 계급은 이제 경감이 아니라 경정입니다."

"아하, 그래요? 축하드립니다."

"다 회장님 덕분이죠."

그녀는 병석에 누워 있는 두 사람에게 각각 스위치를 하나씩 건네주었다.

"만약 누군가 병실로 침입해 들어온다면 이 스위치를 눌러요. 5분 안에 경찰이 달려올 것이고, 그 이후엔 특공대가 투입될 겁니다."

"…감사합니다."

"그나저나 나라가 이렇게 시끄러운데 무슨 테러일까요?"

"철저히 조사해 주세요. 제 부하가 평생 다리를 못 쓰게 될 수도 있어요."

"알겠습니다."

태하는 레이첼에게 북해빙궁으로 함께 갈 것을 제안했다.

"알고 있겠지만 러시아에 다 죽어가는 사람도 살리는 우리 쪽 명의가 있어. 그곳에서 치료를 받아보자고."

"예, 보스."

그는 레이첼을 북해빙궁으로 옮길 수 있도록 조치한 후 미국으로 향했다.

*　　　*　　　*

미국 브룩클린에 위치한 명화아파트 앞에 태하가 서 있다.

딩동!

벨을 누르자 곧바로 문이 열리며 카퍼데일이 모습을 드러냈다.

"사제, 왔는가?"

"예, 대사형. 지체 만강하시지요?"

"허허, 물론일세."

카퍼데일은 태하를 안으로 들이며 이번 사건에 대해 물었다.

"그나저나 무슨 소리인가? 부하들이 술법에 당해 절름발이가 되었다니."

"그게……."

태하는 그에게 사정을 모두 설명했고, 카퍼데일은 그를 집안

깊숙한 곳으로 안내했다.

"이야기가 길어질 테니 들어가서 문서를 보면서 얘기하자고."

"예, 대사형."

아파트의 2층으로 올라간 카퍼데일은 아주 오래된 목함을 꺼내어 태하에게 내밀었다.

"한번 읽어보게."

"이게 뭡니까?"

"자네가 말한 그 이교도 탄압에 대한 내용이 들어 있을 거야."

태하가 목함을 열자 그 안에는 핏자국이 가득한 서책이 몇 권 들어 있었다.

천하마술단 보고서

"천하마술단?"

"한때 우리 가문을 멸문지화하려 한 세력일세. 안에 내용이 들어 있어."

그는 천하마술단에 대한 내용을 정독하기 시작했다.

천하마술단에 대하여 아는 사람은 드물다.

그들은 바티칸과 영연방의 의뢰에 의해서만 움직이는데, 한번 마주친 이들은 살아남은 전례가 없어 얼굴을 아는 사람이 없다.

명화방의 제2대 방주인 천무혁은 천하마술단의 단주를 죽이는 데 성공하였지만 그들은 마치 불사신처럼 다시 살아나 방을 공격하였다.

천하마술단은 명화방을 두 번째 공격하고 난 후 천무혁에 의해 해체되었다고 알려져 있지만, 지금도 세계 곳곳에서 그들의 마술로 사람이 죽는 경우가 발생하고 있다.

하여 저자는 천하마술단이 여전히 우리 명화방을 표적으로 사냥을 벌이고 있을 것이라 생각하는 바이다.

그들은 하늘에서 유성우를 쏟아내고 불지옥을 만들어내기도 하며, 마력의 결정체인 마정석을 이용하여 기계를 만들어내기도 했다.

어쩌면 영국의 산업혁명에 그들이 깊게 관련되어 있을지도 모른다는 것이 저자의 생각이다.

태하는 그제야 퍼즐 조각이 맞춰지는 것 같았다.

"그래, 이런 엄청난 압력과 화려한 불빛을 사용한 것이 이제야 이해가 되는군."

"어떤가? 이제 좀 감이 잡히나?"

"예, 대사형."

"아마 내 생각이 맞는다면 그들이 다시 이교도 탄압을 시작한 것 같아."

"그렇다면 바티칸에서 다시 움직이기 시작했다는 건가요?"

"그거야 모르지. 하지만 그들은 DMS와도 연관이 되어 있어. 정확하게 어떤 형식으로 유착되어 있는지는 알 수 없지만 말이야."

"으음……."

"아무튼 조심하게. 우리 방에서 자네 그룹으로 화경고수 20명을 보내주겠네. 그들에게 호위를 맡긴다면 자네가 움직이는 데 부담이 없지 않겠어?"

"이렇게까지 신경을 써주시다니 뭐라 드릴 말씀이 없습니다."

"허허, 뭘 그런 것을 가지고. 아무쪼록 천검진, 자네도 조심하게. 저들은 마력이라는 사술을 사용한다네. 무공과는 그 갈래가 달라."

"명심하겠습니다."

태하와 카퍼데일이 대화를 나누고 있는데, 2층 밀실의 문이 열리며 한 여인이 모습을 드러냈다.

"할아버님, 손님이 찾아오셨습니다."

"손님?"

"어떤 여자인데, 자꾸 벨을 누르면서 할아버님을 뵙고자 한답니다."

"그래?"

카퍼데일의 손녀 아이린이 그를 부축해 자리에서 일으켜 주었다.

"한번 나가보시겠어요?"

"그래, 한번 보자꾸나."

태하는 목함을 다시 정리해 놓고 그의 뒤를 따랐다.

바로 그때, 문밖에서 심상치 않은 기운이 느껴졌다.

"대사형!"

"…놈들이 왔나 보군."

카퍼데일은 호신강기를 펼쳐 태하와 아이린을 보호하였고, 그 타이밍에 맞춰 거대한 폭발이 일어나 세 사람을 덮쳐왔다.

콰아아앙!

화르르르르륵!

"꺄아아아악!"

"괜찮다. 이 할아비가 있잖느냐?"

가까스로 손녀를 진정시킨 카퍼데일이 태하에게 말했다.

"아무래도 저놈들이 우리를 죽이려 작정한 모양일세."

"그러게 말입니다."

태하는 검을 뽑아 들었다.

챙!

"놈, 이게 지금 뭐 하는 짓이냐?"

"후후, 놈이라니? 이렇게 아름다운 놈도 있던가?"

피처럼 붉은 원피스에 푸른색 눈동자를 가진 그녀는 기묘한 분위기의 크리스털이 박힌 지팡이를 가지고 있었다.

그녀가 다시 지팡이를 휘두르자 주변에서 불의 폭풍이 몰아치기 시작했다.

화르르륵!

고오오오오오!

"파이어스톰!"

태하는 천검진을 소환하여 그녀의 공격을 무마시켰다.

"빙설천하!"

스르르르르릉!

얼음으로 불을 막아낸 태하는 곧장 그녀에게 검을 출수했다.

"출!"

챙챙챙챙!

마치 거미줄처럼 얽히고설킨 천검진이 그녀의 사지육체를 노리며 춤을 추었다.

하지만 그녀는 아주 여유롭게 손을 뻗어 그 공격을 막아냈다.

"엡솔루트 베리어!"

팅팅팅팅!

태하와 카퍼데일이 동시에 놀라며 소리쳤다.

"호, 호신강기?!"

"후후, 그런 허접한 사술과 마법을 비교하다니, 정신머리가 어떻게 된 모양이군."

잠시 후, 그녀의 뒤로 명화방의 고수들이 떼로 몰려왔다.

콰앙!

"방주!"

"천검진, 자네 괜찮나?!"

"예, 사형. 그나저나 저 여자가 보통이 아니군요. 아무래도 천하마술단에서 온 여자인 모양입니다."

"천하마술단!"

그녀는 와락 눈살을 찌푸렸다.

"쯧, 도대체 언제 적 이름을 부르는 거야? 벌써 500년도 더 된 것 같은데?"

"천하마술단이 맞는 모양이군. 사형들, 함께 이 여자를 잡으시지요!"

"그래, 알겠네!"

태하와 명화방은 그녀를 옥죄기 위하여 천마신공의 유일한 검진인 천마검진을 펼쳤다.

천마검진은 화경 이상의 고수 20명이 모여서 만드는 검진인데, 한번 걸리면 반드시 사지가 찢겨나간다.

하지만 그녀는 오늘 이쯤에서 전투를 마칠 생각인 모양이었다.

"쳇, 더 이상 놀이를 할 수 없게 되었잖아? 치사한 놈들, 조만간 다시 볼 거야. 그때를 기약하자고."

슈가가가가각, 팟!

그녀는 빛 무리와 함께 사라졌고, 태하와 명화방은 소스라치게 놀랄 수밖에 없었다.

"…저게 도대체 무슨 술법이지요?"

"그러게 말일세."

검을 거둔 태하는 주변을 정리하기로 했다.

6. 천하마술단

영국 캠브리지의 오래된 여관으로 태하가 들어섰다.

끼익.

파랑새라는 간판이 걸려 있는 여관 안에는 젊은 여성 한 명이 덩그러니 앉아 있었다.

태하는 그녀에게 은색 명함을 건넸다.

"명화방에서 왔습니다."

"당신이 천검진이시겠군요?"

"예, 그렇습니다."

"오래 기다렸습니다. 만나 뵙게 되어서 영광입니다. 기하입니다."

"반가워요, 기하 씨."

그녀는 동양인 특유의 피부색에 백인의 이목구비가 특징이었는데, 오묘한 아름다움이 눈동자에서 물씬 풍겨 나오는 것 같았다.

태하는 기하에게 이번 사건에 대해 설명하고 조언을 구하기로 했다.

"천하마술단에 대해 아십니까?"

"고서로 전해져 내려오는 집단이지요. 하지만 최근 300년간 그 활동이 발견되지 않았습니다. 사실상 2대 방주 천무혁에게 멸문지화를 당했다고 알려져 있지요."

"하지만 최근에 대한그룹 본사로 쳐들어온 것은 물론이고 명화방주의 안방까지 들어왔지요."

"으음, 의외로군요. 원래 영국 왕실과 바티칸의 의뢰를 받고 움직이던 그들이 어째서 지금 움직이고 있는 것일까요?"

"그들과 영국 왕실 간의 모종의 거래가 있는 것일까요?"

그녀는 고개를 가로저었다.

"지금과 같은 시기에 천하마술단과 같은 사람들을 이용하여 누군가를 제거한다는 일은 상당히 위험한 방법입니다. 일종의 범죄 집단과 연루되었다는 것은 국제사회에서의 고립을 뜻합니다. 영국 왕실이 바보가 아닌 이상에야 그런 일을 벌일 리가 없지요. 그리고 영국 왕실에서 도대체 무엇 때문에 천검진 님과 명화방을 노리겠습니까?"

"흠, 무척이나 이상한 일이군요. 도대체 왜 저러는 것일까요?"

"지금부터 알아봐야지요."

그녀는 태하에게 천하마술단에 대한 정보가 담긴 고서를 건넸다.

"이곳에는 그들이 사용하는 마법이라는 학문에 대해 아주 자세히 나와 있습니다. 그들에 대해 알아보는 것도 좋지만 최종적으론 박멸까지 생각해야 합니다. 지피지기면 백전백승이라는 말이 있잖아요?"

"그렇겠군요. 고맙습니다."

태하는 천하마술단에 대해 나온 서책을 잘 갈무리했다.

"그럼 갈까요?"

"어디로 가는 겁니까?"

"천하마술단과 영국 왕실을 연결하던 스멕타 가문으로 가시죠. 그곳에서 단서를 찾을 수 있을 겁니다."

두 사람은 런던으로 향했다.

* * *

영국 런던의 오래된 아파트로 태하와 기하가 찾아왔다.

딩동!

스멕타 가문은 아직도 영국 왕실에서 받은 작위를 가지고 있는 집안인데, 2차 세계대전과 냉전 시대를 거치면서 왕실에 혁혁한 공을 세웠다.

이 아파트는 스멕타 가문이 150년째 살고 있는 곳이지만 여전히 그 골조와 내벽이 튼튼하게 유지되고 있었다.

스멕타 가문은 이곳에서 대대손손 번성하여 아파트 전체에 자리 잡고 있었다.

철컥!

정문의 현관이 열리면서 스멕타 가문의 집사가 기하를 맞이했다.

"기하 님이시군요. 어서 오십시오."

"스멕타 공께서 이곳에 계신가요?"

"서재에 계십니다. 일단 들어오시지요."

집사는 기하와 함께 온 태하에게 관심을 가졌다.

"범상치 않은 기운을 가지고 계시군요."

"기에 대해서 아십니까?"

"20년 전에 무당산의 속가제자로 있었습니다, 그때 기에 대해서 조금은 깨우치게 되었지요."

"무당파라……."

"그곳에서 권을 배우고 소림에서 객식하면서 식견을 넓혔지요. 지금은 도와 의를 숭상하는 두 문파의 가르침을 가슴 깊게 새겼습니다."

무림맹의 핏줄은 지금까지 이어져 수도 없이 많은 제자를 육성시키고 그에 관련된 사업이 번창하게 되었다.

무당파는 너무 많은 종파와 장문이 존재하기 때문에 결집이 어려운 면이 있었지만 소림은 방주를 중심으로 아주 끈끈하고 탄탄한 세력이 구성되어 있었다.

아마도 DMS그룹과의 관계에서도 가장 발언권이 강력한 곳이 바로 소림일 것이다.

그런 그들의 제자이지만 엄밀히 따지면 사파인인 두 사람을 대하는 집사의 태도에는 적개심을 찾아볼 수가 없었다.

'진짜 도를 숭상하는 사람이군.'

잠시 후 태하는 스멕타 가문의 대서고 앞에 멈추어 섰다.

"이곳에 계십니다."

"대서고라고 쓰여 있는데요?"

"맞습니다. 주인님께선 대서고를 서제로 사용하십니다."

"아아, 그렇군요."

스멕타 가문의 당주인 조나한 스멕타는 책벌레로도 유명한데, 그 학식이 가히 전문가들에 필적할 정도였다.

딱히 한 분야에 정통한 공부를 한 적은 없어도 거의 만물 사전 수준으로 폭넓은 지식을 쌓아왔던 것이다.

한마디로 그는 책을 읽고 그 학문에 대하여 깊이 파고드는 것이 취미인 전형적인 학구파의 표상인 셈이다.

똑똑.

대서고의 문을 두드리자 안에서 깔끔한 슈트 차림의 조나한이 모습을 드러냈다.

"어서 오시오. 안 그래도 기다리고 있었소."

"이렇게 환대해 주시니 뭐라 감사의 말씀을 드려야 할지 모르겠습니다."

"뭘 그렇게까지……. 아무튼 반갑소. 저 청년이 바로 천검진이겠군."

"예, 그렇습니다."

조나한은 태하에게 악수를 청했다.

"조나한 스멕타요."

"김태하입니다."

"김태하라……. 어디서 많이 들어본 이름 같은데?"

"아마 대한그룹 회장으로 더 많이 알려졌을 겁니다."

조나한은 그제야 무릎을 치며 반색했다.

"오오! 그래, 맞아! 당신이 바로 대한그룹의 새로운 회장 김태하였군! 반갑소! 이런 우연이 다 있나? 그 천검진이 김태하 회장이었다니, 놀랄 노 자로군."

"우연히 사부님께 검을 배웠을 뿐입니다."

"그나저나 기업인이 무림인이라니, 너무나 의외로군."

"장사꾼도 검을 배울 수는 있으니까요. 오로지 강해지기만을 위한 검이 아닌 정신 수양을 위한 검은 누구에게나 도움이 된다고 생각합니다."

"뭐, 그건 그렇지. 아무튼 반갑소. 안으로 들어오시오."

"감사합니다."

조나한은 태하와 기하를 대서고 안쪽에 있는 서재로 안내했는데, 대서고 안쪽에는 소가죽으로 만든 소파 네 개와 침대와 소파의 결합 형태인 침대 소파, 그리고 푹신푹신한 재질의 초대형 라텍스 쿠션이 놓여 있었다.

아마도 그는 이곳에서 대부분의 시간을 보내면서 하루를 마감하는 모양이었다.

"편한 곳에 앉으시오. 차를 내오리다."

"감사합니다."

그는 두 사람에게 한국의 우전차를 내왔다.

"우전차는 흔히 선비의 차라고들 하지. 원래는 보이차를 즐겼지만 우전차가 집중력 향상에 좋은 것 같아서 요즘은 옆에 끼고 살고 있소."

"향이 좋군요."

"보성 지방에서 직접 공수한 물건이오. 아마 현지에서도 꽤 귀한 차로 대접받는다고 알고 있소."

녹차 중에서도 가장 고급으로 알려진 우전차는 24절기 중 하나인 곡우에 채취하는 어린잎을 말하는데, 천연 카페인의 영향으로 집중력 향상에 좋고 콜레스테롤을 낮춰주는 효능이 있다.

태하는 우전차를 한 모금 음미하며 주변을 둘러보았다.

천장에는 미켈란젤로의 작품이 수놓아져 있고, 대서고 벽에는 몽환적인 느낌의 동양화가 줄지어 걸려 있었다.

동서양의 만남이 이상할 법도 하지만 전혀 괴리감이 없고 상당히 조화가 잘되어 있었다.

태하는 수묵담채화 중에서 한 점을 가리키며 말했다.

"저건 익선 선생의 작품이 아닙니까?"

"으음? 익선 선생을 아시오?"

"저희 어머니께서 익선 선생의 화랑에 자주 다니셨습니다. 지금은 익선 선생께서 타계하셔서 찾아뵐 수 없습니다만, 저도 그분의 그림을 자주 접했습니다."

"오오, 이렇게 보는 눈이 높은 사람을 만나다니! 그대의 눈은 가히 귀족의 그것을 타고났구려!"

익선 차동학은 태하의 집안과도 꽤나 깊은 인연이 있었는데, 태하의 어머니는 익선 차동학의 골수팬이었다.

그녀는 차동학의 그림을 매입하고 그것을 집안에 걸어놓는 것을 즐겼다.

물론 다른 화백의 그림도 많이 매입해서 수집하는 것을 취미처럼 여겼는데 익선의 그림은 남다른 가치가 있다고 말했다.

태하 역시 익선이 생존해 있을 동안에는 꽤 자주 화랑에 드나들며 붓에 대한 고찰을 듣곤 했다.

조나한이 태하에게 익선에 대해 물었다.

"그분은 어떤 사람이셨소? 그림만으로 보아왔을 뿐 실제로 본 적은 없어서 말이오."

"뭐랄까, 그분은 붓으로 문학을 그리는 분이셨습니다. 자기 자신의 철학을 붓 끝에 담기 때문에 철학적인 조예도 상당히 깊었지요. 그래서 말씀 한 마디 한 마디가 가히 주옥같은 시인이셨지요."

"그림과 시라……. 완전한 화객이로군."

조나한은 이제 다시는 그를 만날 수 없다는 것을 못내 아쉬워했다.

"내가 살아생전에 그를 만났다면 아주 위대한 스승을 모셨을 수도 있었는데… 내 실행력에 한계를 느끼고 있소."

"그분의 제자들이 아직까지 화랑을 지키고 있습니다. 원하신다면 소개를 시켜 드리겠습니다. 제 신분이 회복되면서 연락이 닿았습니다."

"오오, 정말이오?!"

"익선 선생께서 생전에 저를 총애하셨다고 하더군요. 저는 잘 몰랐지만 그분께선 그 애매한 태도를 호감으로 표현하신 것이었습니다."

"호감의 표현도 우회적으로……. 역시 멋진 사람이군."

"그분의 제자들도 충분히 멋있습니다. 물론 그 제자들 역시 연세가 꽤 많기 때문에 빨리 찾아뵙는 것이 좋을 겁니다."

"그렇다면 내일 당장 한국으로 떠나겠소. 어차피 나 역시 후계 구도를 정해놓았으니 더 이상 이곳에 있을 필요가 없지."

"그, 그렇다고 이렇게 빨리 결정을 내리시는 것은 좀……."

그는 고개를 가로저었다.

"나는 익산 선생을 떠나보내고 무척이나 후회하고 있소. 그 제자들마저 떠난다면 내가 이곳에 살아 있을 필요가 없을 것이오."

"그렇게까지 생각을 하신다면 내일 저희와 함께 한국으로 가시지요. 제가 화랑으로 안내하겠습니다."

"고맙소!"

한껏 격양된 목소리를 내던 그가 태하에게 방문의 목적에 대해 물었다.

"아참, 그나저나 나를 왜 찾아왔다고 했소?"

"천하마술단에 대해 묻고 싶어서 찾아왔습니다."

"으음, 천하마술단이라……. 그들은 아주 오래전에 우리와 인연이 끊어진 사람들이오. 그런 그들을 왜 찾으려는 것이오?"

태하는 그에게 아주 허심탄회하게 모든 것을 말해주었다.

잠시 후, 그는 고뇌에 가득 찬 표정을 지었다.

"흐음, 그대가 아주 호감이 가는 사람이긴 하지만 천가와 엮인 이상에야 우리와는 적이라고 할 수 있는데……."

"악연은 좋은 인연으로 바뀔 수 있습니다. 이 또한 익선 선생께서 말씀하신 한 구절이지요."

그는 익선의 가르침을 내세운 태하에게 더 이상 반발할 수가 없었다.

"험험, 익선 선생께서 그렇게 말씀하셨다면 따라야지. 좋소, 그대와 나는 케케묵은 옛일을 청산하고 새로운 인연이 되어야겠소."

"감사합니다."

조나한은 태하에게 지금까지 자신이 조사한 천하마술단의 족적에 대해 털어놓았다.

"사실 나 역시 천하마술단을 뒤쫓던 중이오. 처음엔 왕실의 해결사처럼 굴던 그들이 종국에는 유럽 지역의 협정을 위반하면서 마구 설치고 다녔소. 그 탓에 그들은 해결사에서 영국 왕실의 뒤통수를 친 깡패 나부랭이들이 되었지."

"으음, 그런 일이……."

"결국에는 천무혁이라는 명화방주에게 죽임을 당하게 되었지만, 그 이후로도 자꾸 그 모습을 드러내며 범죄를 저질러 왔소. 그들 스스로는 이교도를 해치우는 신의 자경단이라고 우기고 있지만, 그것은 어디까지나 말도 안 되는 헛소리에 불과하오. 그들은 모종의 세력이 가져다준 이득을 챙기기 위해 살인을 저지르고 다니는 것이오."

그는 몇 해 전에 벌어진 테러에 대해 설명했다.

"바그다드에서 벌어진 대형버스 폭파사건, 이 사건으로 무려 500명이 넘는 사상자가 났소. 이 사건은 현재 미군이 IS의 소행이라고 밀어붙이고 있지만, 사실은 천하마술단이 벌인 일이었소."

"그들이 테러까지 벌인단 말입니까?"

"테러는 그들의 생업이라고 볼 수 있소. 아랍계 무장단체는 엄청난 자금력을 바탕으로 조직되었소. 그들이 운용하는 자금의 단 1%라도 천하마술단에 들어간다면 그들은 충분히 전문 테러리스트를 지향할 수 있을 것이오."

"한마디로 돈이면 뭐든 하는 집단으로 변모한 것이군요?"

"원래 그들은 돈이라면 귀신도 잡아왔을 정도로 지독한 돈벌레였소. 사실 바티칸에서는 그들을 비장의 무기로 숨겨두고 있었소. 유럽이 한창 영토분쟁에 휩싸여 있을 때에도 그들은 남몰래 천하마술단을 지원해 주고 있었지."

"그렇다면 지금도 그들은 뭔가를 알고 있을 수도 있겠군요."

"안 그래도 조만간 바티칸에 가려던 참이오. 그곳에 인맥이 있어서 사건에 대해 물어볼 수 있을 것이거든."

태하는 그에게 동행을 요청했다.

"제 부하들이 여럿 죽고 한 명은 꽃다운 나이에 아킬레스건이 잘렸습니다. 그놈들을 꼭 잡아야겠습니다. 저를 동행하게 해주십시오."

"그런 사정이……. 좋소, 그렇다면 화랑으로 가기 전에 바티칸부터 갑시다. 그 일이 더 시급해 보이는구려."

"그래도 괜찮으시겠습니까?"

"나야 어차피 정계에서 은퇴하고 할 일도 없는 백수요. 한국으로 가는 일은 언제라도 할 수 있소. 그리고 익선 선생의 화랑으로 간다면 아마도 몇 년, 혹은 몇 십 년 동안 영국으로 돌아오지 않을 것이오. 나에겐 이번 여정이 꽤나 긴 대장정이 될 것이란 소리지."

"그렇군요."

그는 당장 자리에서 일어섰다.

"그럼 갑시다."

"지금 당장이요?"

"쇠뿔도 단김에 빼라는 말이 있소. 이런 일일수록 미루지 말고 빨리 처리하는 것이 상책이오."

"그렇군요. 그럼 어서 가시죠."

태하는 그를 따라 바티칸시국으로 향했다.

* * *

바티칸시국 교황청 인근의 술집으로 조나한과 태하 일행이 들어섰다.

딸랑!

이 작은 술집은 퇴역한 추기경 알렉산드로스 카르키아가 운영하고 있는 작은 펍이다.

동네에서 일과를 마친 장사꾼들이나 회사원들이 이곳에서 한잔씩 술을 마시곤 한다.

물론 교황청에서 근무하는 사람들이나 추기경들이 가끔 들러 알렉산드로스를 만나기도 했다.

알렉산드로스는 조나한이 대학원을 다니던 시절 그에게 교양과목을 가르친 은사였다.

조나한은 알렉산드로스가 가진 사상을 위대하다고 생각하여 그의 사택에 2년간 머물며 수학하기도 했다.

알렉산드로스는 10년 만에 찾아온 제자를 반갑게 맞이했다.

"정계를 떠났다더니 이제야 나를 찾아올 생각이 들었나 보군."

"그동안은 정신이 없었습니다. 이제 저는 백수이니 진정한 인의를 찾아 긴 여정을 할 생각입니다. 그중에 한 곳에 바로 이곳이고요."

"나는 더 이상 네게 가르칠 것이 없다고 생각하는데?"

"배움에는 끝이 없습니다. 제가 예순이 넘어서 간신히 깨달은 하나의 진리지요."

"허허, 그래."

알렉산드로스가 태하를 바라보며 물었다.

"그나저나 저 청년에게선 범상치 않은 기운이 느껴지는군."

"다들 그렇게 말하더군요. 제가 보기에도 그렇습니다."

태하는 그에게 깊이 고개를 숙였다.

"만나 뵙게 되어 영광입니다. 아버지께서 추기경님의 얘기를 가끔 했습니다."

"나를 아는가?"

"언젠가 명동성당에 오신 적이 있으시지요?"

"아아, 그때 나를 본 사람들 중 한 명인 모양이군."

"예, 그렇습니다. 그때의 설교가 너무 인상 깊어서 추기경님의 팬이 되었지요."

"허허, 추기경으로서 팬이 있다니, 이것 참 민망하면서도 기분이 좋군."

"비록 지금은 타계하셔서 이곳에 올 수는 없습니다만, 추기경님의 서명을 받아서 영전에 놓으면 아주 영광스럽게 생각하실 겁니다."

"으음, 그렇군."

태하는 알렉산드로스에게 양피지를 건네며 말했다.

"초면에 이런 말씀을 드리긴 좀 그렇지만, 서명 한 필 남겨주신다면 영광이겠습니다."

"그래, 어려울 것 없지. 아버님의 존함이 어떻게 되시는가?"

"김, 태 자, 평 자를 쓰셨습니다."

"알겠네."

그는 양피지에 자신의 서명과 함께 라틴어로 된 격언과 시를 적어주었다.

슥슥슥.

"다 되었네."

"감사합니다."

태하는 그것을 플라스틱 보관함에 잘 갈무리했다.

"가문 대대로 영광으로 여기겠습니다."

"허허, 아닐세. 그냥 늙은이의 선물이라고 생각해 주게."

이윽고 조나한은 알렉산드로스에게 이곳을 찾은 진짜 목적에 대해 말했다.

"사부님, 부탁이 하나 있습니다."

"그래, 자네가 순순히 이곳을 찾아온 것이 수상했어. 무슨 일인가?"

"천하마술단에 대해서 말씀해 주실 수 있겠습니까?"

"…천하마술단이라……. 그들은 바티칸에서 수배자로 낙인이 찍혀 있는 실정이네."

"공식적으로는 사라진 것 아니었습니까?"

"원래는 그랬지. 하지만 지금은 그들을 잡아 정의를 세우는 것이 옳다고 판단하고 있어. 그들이 세계 각지에서 벌이는 테러는 신께 반하는 행위가 아닌가?"

"그렇군요."

그는 자신이 아는 최근의 행적들에 대해 설명했다.

"자세한 것은 알 수 없지만, 그들의 근거지가 이탈리아라는 말이 있어."

"이탈리아요?"

"최근에 프랑스에서 테러를 일으키고 난 후 그 용의자가 이탈리아로 잠입해서 사라진 일이 있었네. 잠적 한 달 후에 잡힌 그는 시칠리아에서 일광욕을 즐기고 있었어."

"시칠리아라……. 그곳은 섬이 아닙니까?"

"그렇다네. 시칠리아가 본거지인지는 잘 모르겠으나 고대 문헌에 나와 있는 사료에 따르자면 어느 정도 신빙성은 있는 소리지."

"문헌에 시칠리아가 언급되었습니까?"

"시칠리아가 정확히 언급된 것은 아니고 이탈리아 남부에서 그들의 본거지로 보이는 오두막이 발견되었다고 했지. 바티칸 사제들이 그들을 쫓아 본거지를 찾아내긴 했지만, 워낙 오래되고 허름한 오두막이라 언제든 버리고 도망칠 수 있다고 했지."

"흠……."

"모르긴 몰라도 지금도 역시 그런 떠돌이 생활을 하고 있을 가능성이 높아. 단지 시칠리아에서 더 많은 회합을 갖는 것일 뿐, 더 이상의 의미는 없다는 생각이 들기도 해."

"그렇군요."

지금까지 천하마술단이 끈질기게 살아남을 수 있던 것은 아무래도 유랑 생활로 인해 본거지가 불명확했기 때문인 것 같았다.

만약 그들의 세력권이 확실히 정해져 있었다면 지금과 같은 사태는 아예 벌어지지도 않았을 것이다.

태하는 일이 생각보다 더 복잡해졌다는 것을 알 수 있었다.

알렉산드로스는 태하에게 천하마술단을 쫓는 이유에 대해서 물었다.

"그나저나 청년은 왜 그들을 쫓는 것인가? 뭔가 원한 관계가 있나?"

"제 부하들을 여럿 죽였습니다. 그중에 한 명은 꽃다운 나이에 절름발이가 되게 생겼습니다."

"으음, 그들이 또 몹쓸 짓을 벌인 모양이로군."

"만약 할 수 있다면 그들을 죽이고 싶습니다만, 지금은 우리를 괴롭히는 목적에 대해서 알아내고 싶을 뿐입니다."

"그래, 내가 자네라도 충분히 그들을 쫓고 싶겠군."

알렉산드로스는 일행에게 자리를 옮길 것을 제안했다.

"좋아, 자네들이 그들을 꼭 잡고 싶다면 조력자들을 소개시켜 주도록 하지."

"조력자요?"

"교황청으로 가세."

"교, 교황청이요?!"

"내 지인 중에 교황청 소속 금성십자회 담임 신부가 있어. 그쪽과 연계한다면 놈들을 잡을 수 있을 걸세. 아마 그들도 지금쯤이면 슬슬 움직이기 시작했을 거야."

태하는 알렉산드로스에게 자신의 정체에 대해 밝혔다.

"하지만 저는 명화방에 소속된 사람입니다. 한때 교황청과 우리 명화방은 적대관계이던 것으로 압니다."

"명화방이라……. 한때는 그들도 그릇된 이단으로 칭해졌네만 지금은 시대가 바뀌었어. 가톨릭이 아니라고 배척하던 시대는 이미 지났다는 소리지."

"아아!"

"그리고 내가 알기론 명화방에 소속된 사람 중에 우리 교황청 사람도 몇 있는 것으로 아네만?"

"명화방에서 신부를 배출했다고요?"

"원래 명화방은 명교라는 집단에서 출발했지만, 지금은 그저 영리를 목적으로 결성된 집단에 지나지 않아. 그들이 무슨 종교를 선택하던 자유가 아닌가?"

"뭐, 그건 그렇지요."

"그리고 중요한 것은 이제 더 이상 명교의 교리는 전파되지 않는다고 들었네. 명화방주 스스로도 기독교적인 사상을 가지고 있던 것으로 기억하네만."

"그렇습니다. 유교적인 측면이 없지 않습니다만, 플라워리 가문 자체가 미국 토박이라서 크리스트교를 숭상하고 있지요."

"그것 보게. 이제 명화방과 우리는 더 이상 적대관계가 아니라는 말일세."

"그렇군요."

"아니, 오히려 명화방 소속 신부들이 자네의 등장을 아주 좋아하겠군. 자네의 별호는 무엇인가?"

"천검진이라고 합니다."

"아아, 천검진. 기억해 두겠네."

이제 교황청도 세월이 지나 이교에 대한 선입견이 많이 없어진 모양이다.

그는 태하의 일행을 데리고 교황청으로 향했다.

*　　　*　　　*

교황청 지하 4층에 위치한 금성십자회 본부.

끼릭, 끼릭!

금성십자회 본부에는 하루 종일 쳇바퀴를 돌리는 늑대가 한 마리 있는데, 녀석은 마법에 걸려 하루 종일 뛰지 않으면 미치는 병에 걸렸다고 한다.

헥헥!

"하루 종일 달려야 한다니, 너무 가혹한 형벌이군요."

"만약 신의 가호가 없었다면 진즉 죽어서 흙으로 돌아갔을 겁니다."

금성십자회는 태하가 상상하던 신부들의 모습이 아닌 전사의 모습으로서 가톨릭을 지키고 있었다.

그들은 신성력이라는 특수한 능력을 가지고 사람을 치료하거나 죽어가는 사람을 되살리기도 하지만 그 신성력으로 악을 퇴치하기도 했다.

전 세계 곳곳에서 일어나고 있는 구마의식, 즉 엑소시즘의 절반은 이런 마법으로 인한 저주라고 금성십자회는 설명했다.

"사람을 미치게 만들어서 얻는 이득은 생각보다 훨씬 대단합니다. 잘만 하면 기업 하나를 통째로 얻는 것은 물론이고, 국제 유가를 변동시킬 수도 있지요. 심지어는 왕위를 계승하는 문제에 있어서도 이 저주를 사용하곤 합니다."

"마법이라는 술법이 그렇게까지 발달했다니, 꿈에도 상상하지 못했습니다."

"우리가 지금까지 알고 있던 천하마술단은 무려 천 년 가까이 그 세력을 지켜왔습니다. 미처 알지 못한 곳에서 키워온 그들의 마력은 이제 우리가 어쩔 수 없는 지경에 이르렀다는 소리죠."

"흠……."

금성십자회 담임신부인 레릭은 다양한 사례의 저주를 프로젝트에 담아 시연해 주었다.

찰칵!

"지금 보시는 이 사진은 1998년도에 발생한 고성 일가족 살해 사건에 대한 현장 사진입니다."

"고성에서 일어난 사건이라면 그 유명한 사이코패스 최진영의 골육상잔을 말씀하시는 겁니까?"

"맞습니다. 일가족이 살해되었고, 최진영은 그 시신들을 모두 깔끔하게 먹어치웠습니다. 심지어는 그 뼈를 갈아서 장기복용하기도 했지요."

태하가 기억하는 고성 일가족 살해 사건은 최악의 사이코패스 살인마 최진영의 엽기살인 행각이었다.

최진영은 사람을 죽여 그 시신을 먹어치우고 피는 국을 끓여 먹은 사상 최악의 미치광이였다.

그는 검거 현장에서 칼부림을 부리다가 경찰특공대의 총에 맞아 사망하고 말았지만, 그 출신 성분에 대해선 논란이 많았다.

최진영은 바로 재벌가 성문그룹의 후계자였던 것이다.

"최진영은 성문그룹 후계자로 지정된 후 곧바로 미치광이로 돌변하여 주변 사람들을 닥치는 대로 죽이고 시신까지 먹어치웠습니다. 그가 죽기 직전까지 살해한 인명은 모두 25명, 연쇄살인으로선 사상 최고는 아니었지만 사람을 다 먹어치웠다는 것이 대기록이라면 대기록으로 남았죠."

"그 미치광이 최진영이 마법에 걸려서 사람을 죽이고 인육까지 먹었다는 겁니까?"

"예, 그렇습니다. 우리 금성십자회는 이 최진영이라는 살인마가 죽은 후 그 부검의와 함께 현장에 함께 들어갔습니다. 그리고 그곳에서 뇌에 이상한 흔적이 있다는 것을 발견해 냈지요."

그는 부검 현장을 찍은 사진에서 뇌를 클로즈업해 주었다.

"좌뇌의 끝부분을 봐주시기 바랍니다."

뇌의 좌측에는 푸른색 다이아몬드 같은 것이 박혀 있었는데, 이것은 누군가 수술로 넣은 것이 아니라 뇌가 굳어 자연스럽게 만들어진 것임을 알 수 있었다.

"저주마법에 걸려 이상 행동을 보이는 사람들에겐 이와 같은 푸른색 다이아몬드 같은 종양이 발견됩니다. 우리는 이것을 두고 석화라고 부릅니다."

"석화라……."

"뇌의 일부분에 마법이 자리 잡아서 더 이상 손을 쓸 수 없게 되는 것이죠. 지금까지 발견된 400여 개의 케이스 중에서 무려 390개의 케이스가 이와 같은 석화현상을 보이고 있습니다."

"그럼 나머지 열 개는 어떻게 변했습니까?"

"뇌가 퇴화되었습니다."

"허, 허어!"

그는 다음 사진으로 프로젝터를 넘겼다.

사진 속에는 공동이 풀려 마치 좀비처럼 움직이는 한 무리의 여자들이 나와 있었다.

그녀들의 손과 발에는 사람의 내장 조각과 살점이 들려 있었다.

"이것은 이탈리아 북부에서 발생한 단체 카니발리즘 사건입니다. 경찰은 그녀들이 마약을 먹고 인육 파티를 벌였다고 밝혔지만 실상은 달랐습니다. 경찰이 이들을 발견했을 때엔 거의 의식이 없고 공격성만 남아 있었다고 합니다. 경찰은 비밀리에 이들을 좀비라고 지칭했지요. 공식화된 사건에서 최초로 언데드가 언급된 겁니다."

"흠, 그렇다면 이들은 죽은 사람들이었단 말인가요?"

"의학적으로 보면 그렇습니다. 뇌가 퇴화되어 없는데 장기들이 스스로 움직일 수 있었을까요? 그리고 이들은 고통을 느끼는 통각 기관도 퇴화된 것으로 보였습니다."

"한마디로 걸어 다니는 시체였다는 소리군요."

"그렇다고 볼 수 있지요."

레릭의 말을 들으면 들을수록 그들이 얼마나 무서운 사람들인지 절감하게 되는 태하였다.

금성십자회는 태하에게 정식으로 수사 협조를 요청했다.

"명화방은 무인 집단으로 알고 있습니다. DMS그룹에 협조를 요청한 바가 있기는 합니다만, 어찌 된 영문인지 그들은 협조를 거부했지요."

"그들이 협조를 거부한 이유는 모르십니까?"

"모릅니다. 우리가 추측하기론 그들 역시 천하마술단과 뭔가 관련이 있지 않을까 하는 겁니다."

"그렇군요."

"천검진이라는 이름이 거론되기 시작하면서 명화방이 예전의 세를 회복하고 있다는 소식을 들었습니다. 당신의 영향력이라면 명화방을 움직여주실 수 있다고 생각합니다. 제 말이 맞지요?"

"저는 아무런 권한이 없습니다. 원하신다면 방주님과 연결시켜 드릴 수는 있지요.”

“좋습니다. 그런 자리를 마련하는 것도 쉽지는 않은 일이지요.”

“내일 미국으로 함께 가시죠. 그렇게 된다면 명화방주와 접견하실 수 있을 겁니다.”

“잘 알겠습니다.”

태하는 조나한에게 앞으로의 행보에 대해 물었다.

“저는 미국에 들렀다가 한국으로 가야 할 것 같습니다. 괜찮으시다면 제 비서들과 동행하실 수 있겠습니까?”

“아니, 괜찮소. 나 역시 명화방주가 어떤 사람인지 궁금하던 찰나였거든.”

“그럼 함께 가신다는 말씀이십니까?”

“물론이오. 우리 스멕타 가문과 케케묵은 원한도 있고 해서 언젠가는 한 번쯤 가야겠다고 생각한 참이오.”

“잘되었군요. 대사형께서도 아주 좋아하실 겁니다.”

태하의 일행에 금성십자회가 추가되고, 그들은 전용기를 타고 미국으로 향했다.

7. 공생 관계

미국 브룩클린에 위치한 명화방주의 아파트에 금성십자회와 조나한이 들어 있다.

척!

"반갑습니다. 명화방주 카퍼데일이라고 합니다."

"조나한 스멕타입니다."

"저는 금성십자회 소속 레릭이라고 합니다."

"다들 먼 길 오시느라 고생 많으셨습니다. 일단 식사라도 하시면서 얘기를 나누시지요."

"그러시지요."

카퍼데일은 먼 길을 오느라 고생한 그들에게 산해진미를 대접했다.

“와아, 이게 다 뭡니까?”

“우리 명화방은 손님을 대접하는 데 있어 소홀함이 있어선 안 된다고 배웠습니다. 그것은 방의 지침이자 가훈이지요.”

“참으로 올바른 가훈이군요.”

손님들이 먹는 데 불편함이 없도록 호불호가 갈리거나 생소한 음식들은 배제하고 철저히 대중적인 음식만 차려졌다.

태하를 비롯한 일행이 음식을 먹고 있을 무렵, 레릭이 카퍼데일에게 물었다.

“명화방주께선 아직도 금성십자회와 스멕타 가문에게 유감이 있으십니까?”

“없다면 거짓말이겠지요. 하지만 협조를 구하신다면 오해를 풀고 좋은 관계가 되고 싶습니다.”

“솔직하고도 명쾌한 답변이군요.”

레릭은 그에게 금장 십자가를 건네며 말했다.

“이것은 친의의 표시입니다. 받아주신다면 감사하겠습니다.”

“친의라……. 좋습니다. 아마 제 시조께서도 좋아하실 겁니다.”

바티칸시국과 명화방은 아주 오래전부터 각종 마찰을 빚어온 만큼 이번 접촉은 공식적으로 그 원한 관계를 청산하는 일이 될 것이다.

조나한 역시 카퍼데일에게 영국 왕실의 전언이 담긴 보합을 건넸다.

"핑크 다이아몬드입니다. 폐하께서 직접 보내신 겁니다. 이제는 명화방과의 오랜 숙적 관계를 끝내고 다시 좋은 관계를 맺고 싶다는 의미라고 하셨습니다."

"영국 왕실과는 참으로 오래된 원한 관계가 있지요. 우리의 출발지이기도 한 영국으로 다시 돌아간다는 것은 뜻 깊은 일입니다."

"만약 시간이 되신다면 추후 왕실로 방문하셨으면 한다고 말씀하셨습니다."

"영광입니다. 허허, 우리 사제가 좋은 일의 방아쇠를 당겨주었군. 고마우이."

"아닙니다. 저도 이제는 어엿한 명화방의 식구인데 당연한 일입니다."

이윽고 레릭은 명화방에게 공식적으로 수사 협조를 요청했다.

"갑작스럽게 찾아와 수사 협조를 요청하는 것이 어떻게 들릴지 모르겠습니다만, 명화방이 저희를 도와준다면 범인들을 색출하는 데 큰 도움이 될 겁니다."

"어차피 우리도 그들에게 갚을 빚이 좀 있습니다. 대한그룹을 건드린 것은 우리를 건드린 일입니다. 가만히 있을 수가 없지요."

"좋습니다. 그럼 공식적으로 수사 협조를 받아들이시고 고수들을 파견해 주시는 겁니까?"

"우리 천검진을 비롯하여 화경의 고수 150명을 파견하겠습니다."

"감사합니다. 실망시키지 않도록 노력하겠습니다."

"그리고 마지막으로 또 하나, 이번 사건은 제가 직접 나섭니다."

"바, 방주께서 직접이요?"

"아무래도 사안이 사안이니만큼 제가 직접 움직이는 편이 나을 것으로 보입니다."

태하는 카퍼데일의 동행에 우려를 표했다.

"대사형께서 직접 움직이면 방에 부담이 되지 않을까요?"

"내 사제들이 이곳을 지킬 것이라네. 그러니 걱정할 필요 없어."

"그렇다면 다행이지만……."

"함께 가세. 오랜만에 바깥공기를 좀 마시고 싶기도 해."

"알겠습니다. 제가 최선을 다해 모시겠습니다."

"허허, 그러게나."

카퍼데일은 당장 추격대를 편성하여 천하마술단을 추적할

준비를 꾸렸다.

*　　　　*　　　　*

다음 날, 카퍼데일이 이끄는 150명의 추격단이 바티칸시국을 찾았다.

이곳에서 바티칸이 조사단을 꾸리면 이번 추격단의 인원은 총 400명이 될 것이다.

태하는 카퍼데일과 함께 시칠리아 남부 지방을 순찰하기로 했다.

솨아아아아!

소형 크루즈의 조종간을 잡은 태하는 GPS를 이용하여 정박지를 찾는 중이다.

"사제에게 배를 몰 수 있는 재능이 있었다니 놀랍군."

"아버지께 배운 기술입니다. 재능이라기보다는 그냥 취미지요."

"허허, 취미로 배를 몰 수 있는 사람이 얼마나 되겠나?"

"과찬입니다."

잠시 후, 레릭이 카퍼데일에게 말했다.

"그나저나 이곳부터 시찰하시는 것은 고서에 나온 기록 때문이십니까?"

"우리 방에서 내려오는 기록에도 이탈리아 남부가 명시되어 있습니다. 기왕지사 수색할 것이라면 확실한 곳부터 시작하는 편이 좋겠지요."

"그렇군요."

태하는 이제 곧 정박지에 도착할 것임을 알렸다.

"대사형, 이제 곧 정박지에 닿을 겁니다."

"그렇군. 이제 나도 차비를 하겠네."

첫 번째 시찰 지역은 시칠리아 남부의 작은 섬 '에렌탈'이다.

자리에서 일어선 그는 애병 백운검을 손에 쥐었다.

철컥!

배가 정박지에 닿자 150명의 고수들과 전투사제들이 육지를 향해 일사불란하게 움직여 도열했다.

촤락!

카퍼데일은 고수들과 전투사제들에게 각각의 임무에 대해 하달했다.

"모두 들으세요. 시칠리아 남부에서부터 시작될 이번 수색에는 절대로 민간인 사상자가 발생해선 안 됩니다. 하지만 만약 저주마법에 걸린 사람이 있다면 일단 생포해서 크루즈로 데리고 옵니다. 치료를 할 수 없다곤 하지만 적어도 그들을 추격하는 좋은 단서가 될 겁니다."

"그들을 생포한 이후엔 어떻게 합니까?"

"가족의 동의를 구해서 치료를 해봐야지요. 만약 불가능하다면 어쩔 수 없고요."

"으음……."

"불편하지만 우리가 마주해야 할 진실입니다. 우리는 그들을 100% 치료할 수 없어요. 그러니 저주를 건 놈을 잡아 족쳐야 합니다."

"예, 방주님!"

"지금부터 각자 50명씩 조를 이뤄서 수색을 시작합니다."

"명을 따릅니다!"

사제들과 고수들이 한 팀이 되어 에렌탈을 수색하기 시작했다.

그날 오후, 태하와 카퍼데일은 에렌탈 서부 식당가를 찾았다.

딩디디디딩~

클레식 기타의 아름다운 선율이 울려 퍼지는 가운데 이제 슬슬 노을이 바다 위에 걸리기 시작했다.

석양과 기타 선율이 어우러진 가운데 식당가의 손님들은 한 잔 술에 서로 교감을 나누고 있었다.

팅!

"치얼스!"

"스콜!"

언어는 각양각색이지만 음식을 앞에 둔 그들의 건배는 같았다.

태하와 카퍼데일은 식당주인을 찾아가 마법사들에 대해서 물어보았다.

"혹시 에렌탈에서 살인 사건이나 정신병자가 떼로 몰려든 사건이 있었습니까?"

"살인 사건이요?"

"최근에 일어난 살인 사건이 있었다면 알려주시지요."

"으음, 글쎄요. 만약 살인 사건이 일어났다고 해도 이탈리아 당국에서 그것을 감추지 않았을까요? 에렌탈은 관광이 생업인 섬입니다. 섬에서 살인 사건이 일어났다고 한다면 누가 이곳을 찾겠어요?"

"하긴, 그건 그렇군요."

식당주인이 이렇게 극도로 말을 아끼는 것을 보면 이곳 사람들은 흉흉한 사건에 대해 상당히 방어적이라는 것을 알 수 있었다.

아마도 천하마술단이 이곳에서 자주 발견된 것도 다 이런 이유 때문인 것으로 보였다.

그들은 시칠리아 남부나 북부의 작은 군도에서 자주 출몰했는데, 이들 섬이 다소 폐쇄적인 지리에 위치해 있기 때문인 듯

했다.

'섬이라는 특성을 이용한 것이 분명하다.'

바로 그때, 태하의 귓전으로 전음이 날아들었다.

—천검진 님, 에렌탈 중부에 정신병자들이 단체로 탈주하는 사태가 벌어졌습니다!

—정신병자?!

태하가 카퍼데일을 바라보자 그 역시 태하를 비슷한 표정으로 바라보았다.

"가지."

"예, 대사형!"

두 사람은 천마군영보를 밟아 시칠리아 중부지역으로 빠르게 날아갔다.

파바바바밧!

전투사제들은 차량을 타고 그들을 따라가느라 바쁜 모습이다.

"괴, 괴물들인가?!"

"저것이 바로 보법이라는 것일세. 우리가 갖지 못한 저들만의 특수한 능력이지."

신성력은 사람을 치료하고 신체를 강력하게 만들어주지만 무공만큼 획기적인 방법으로 사람을 단련시켜 주지는 않는다.

태하와 카퍼데일은 불과 3분 만에 에렌탈 중부 지역까지 단숨에 날아들었다.

에렌탈의 전면적은 6㎢인데, 해안선의 길이는 17㎞에 달한다. 만약 도보로 서부에서 중부까지 간다면 2, 3분 만에 절대로 당도할 수 없었을 것이다.

하지만 태하와 카퍼데일의 신묘한 보법은 그것을 커버하고도 남았다.

하늘을 날아 에렌탈 중부지역에 도착한 태하는 정박 대기소에서 쏟아져 나오고 있는 정신병자들을 볼 수 있었다.

"우헤헤헤헤!"

"크헤헤헤! 자유다! 우리는 이제 자유의 몸이다!"

"잡아! 환자들을 모두 잡지 못하면 우리는 끝장이다!"

정신병자들은 모두 다 같은 형식의 흰색 환자복을 입고 있었는데, 그 가슴에는 이탈리아 국립 치료감호소의 인장이 박혀 있었다.

태하는 이들이 중증정신병에 범죄 성향까지 갖춘 진짜 골칫덩이들이라는 것을 알 수 있었다.

"갑자기 이게 무슨 난리일까요?"

"글쎄, 자세한 것은 현장으로 가봐야 알겠지."

두 사람은 정신병자들을 태우고 있던 차량으로 먼저 다가갔다.

"……."

차량에는 동공이 풀린 채 침을 질질 흘리고 있는 호송차 운전자가 앉아 있었다.

태하와 카퍼데일은 단박에 그가 천하마술단의 저주마법에 걸려 있다는 것을 눈치챘다.

"크허어어어!"

"제기랄, 역시 공격적인 성향을 보이는군요. 어떻게 할까요?"

"일단 생포해서 우리가 데리고 가기로 하세."

"예, 대사형."

북해신공 현림장을 뻗은 태하는 저주마법에 걸린 피해자를 일격에 기절시켜 버렸다.

스르르릉, 퍼엉!

"끄헉……."

"뇌가 퇴화되어도 기절은 하는 모양이군요."

"아직까지 통각 기관은 살아 있는 것인지도 모르지."

태하는 피해자를 데리고 자신을 뒤따르던 전투사제들에게로 향했다.

"이 사람을 좀 부탁합니다."

"…저주마법? 알겠습니다!"

이제 태하와 카퍼데일은 이 저주마법을 건 술자를 찾기 위해 보법을 밟았다.

파바바밧!

“진기와 다른 무언가를 품은 사람이 분명 있을 걸세! 그놈을 잡아야 해!”

“예, 대사형!”

태하는 차량에서 탈주한 정신병자들을 점혈하여 기절시키는 한편 마력을 갈무리하고 있을 범인을 찾아다녔다.

투둑!

“으윽!”

“잠들어 있어요. 더 이상 나돌아 다녀서 좋을 것 없어요.”

점혈과 진맥을 단 1초 안에 끝내며 주변을 돌아다닌 태하는 무려 25명을 점혈했지만 범인을 찾을 수가 없었다.

그는 어쩌면 애초에 범인이 이곳에 없을지도 모른다는 생각을 해보았다.

‘이놈들, 마법을 딜레이시킬 수 있는 방법이 있는 건가?’

시한폭탄처럼 기폭 작용을 하는 무언가를 사람에게 설치해 놓고 시간을 두고 사람을 조종하는 방법이 있다면 지금 이곳에서 범인을 찾는 일은 어불성설일 것이다.

태하가 마지막 인원을 기절시켰을 무렵, 감호소 교도관 중 몇 명이 갑자기 자리에 픽하고 쓰러져 버렸다.

털썩!

“흐어어어어……!”

“이, 이봐요! 괜찮아요?!”

"으헥, 으헤에에엑!"

관절과 마디가 기형적으로 꺾이며 발작하던 그들은 이내 동공이 풀려 검은자위가 사라진 채로 일어섰다.

"크헤에에엑!"

"저주마법!"

발작하다 일어선 그들은 자신의 주변에 있는 산 사람들을 마구잡이로 공격하기 시작한다.

꽈드드드득!

"으아아아악! 내, 내 목!"

푸하아아악!

목덜미를 물어 피가 사방으로 튀어 올랐고, 그 공격으로 인해 주변은 아수라장으로 변해 버렸다.

태하는 그들에게 점혈을 시도했지만 소용이 없다는 것을 알 수 있었다.

'혈이 막히지 않는다? 이미 죽었다는 소리인가?'

그는 천마신공의 연격장으로 자신에게 달려드는 간수를 일격에 제압해 버렸다.

"연격장!"

파앙!

"크헤엑!"

일수에 뻗어버리긴 했지만 바닥에 납작 엎드린 상태로 끈질기게 살아 있는 생명체를 찾아 손을 내미는 그들이다.

태하는 그들의 통각 기관과 뇌하수체가 모두 제 기능을 하지 못하게 되었다고 생각했다.

"진짜 좀비처럼 끈질기게 달려드는군!"

잠시 후, 점혈을 통하여 바닥에 기절해 있던 환자들 역시 눈을 까뒤집으며 일어섰다.

끼기기기긱, 뚜두두두둑!

"크하아아아악!"

"…젠장, 도대체 뭐가 어떻게 된 거야?!"

태하와 카퍼데일은 자신들의 주변으로 달려드는 정신병자들을 향해 열심히 권을 뻗었다.

"운몽격!"

퍼억!

카퍼데일은 부드러운 구름처럼 날아가 상대방의 내장을 뒤흔들어 기절시키는 운몽격을 퍼부었다.

하지만 그들은 잠시 주춤거릴 뿐, 다시 일어나 그에게 이빨을 들이밀었다.

"사제, 아무래도 이들의 장기는 제 기능을 하지 못하는 것 같아."

"그렇다면 도대체 어떻게 이리 끈질기게 움직일 수 있는 걸까요?"

"자세한 것은 이들을 잡아다 연구해 보면 알 일이지."

태하는 이들을 한곳으로 끌어 모으기로 했다.

"흡성대법!"

슈가가가가가가각!

진기를 끌어당기는 흡성대법은 신체에 잠들어 있는 일말의 진기를 모두 빨아들이게 되는데, 지금 태하의 경우엔 진기를 빨아들이는 것이 아니라 강력한 진기가 약한 진기를 흡수하는 원리를 이용하여 흩어진 피해자들을 한곳으로 모으고 있는 것이다.

"크헤에에엑!"

"이놈들, 잡았다!"

태하는 그들을 다시 차량 안으로 집어 던져 버렸고, 그 안에 들어간 피해자들은 차량의 온 사방을 두드리며 난리를 피웠다.

쿵쿵쿵!

"지독하게 활발한 놈들이군."

"대사형, 이놈들을 이대로 데리고 갑니까?"

"이놈들 중에서 기폭제가 될 만한 역할을 한 놈이 있을 거야. 그놈을 찾아야 한다."

"예, 알겠습니다."

태하는 차량을 크루즈에 선적하면서 레릭에게 말했다.

"다른 지역에서는 난리가 나지 않았습니까?"

"아니요, 나지 않았습니다."

"흐음……."

"아무래도 이 섬 주민들 중에 한 명이 천하마술단의 끄나풀이 아닐까 싶습니다."

"그렇다면 이곳을 계속해서 조사하는 편이 좋겠군요."

"금성십자회 신부 열 명과 명화방의 고수 다섯 명을 이곳에 파견합시다. 그렇게 하여 용의자를 추격할 수 있다면 사건 해결에 진전이 있을 겁니다."

"그렇게 하시지요."

태하는 이곳에 명화방의 고수 다섯 명을 파견한 후에 섬을 떠났다.

* * *

카퍼데일은 레릭의 지인인 이탈리아 경찰과 협의하여 잡아들인 저주마법 피해자들을 경찰에 인도했다.

강진희는 경찰에 피해자들을 인도하기 전에 진맥을 하나하나 시행했지만 기폭제가 될 만한 사람은 찾아내지 못했다.

그녀는 이들이 하나같이 죽어 있다가 되살아난 좀비와 같은 사람들이라고 판단했다.

"모두 맥이 같아요. 아무래도 누군가 저주마법을 사용한 후

도망간 것이 아닐까 싶네요."

"하긴, 공간이동을 하는 놈들이 마법을 쓰고 도망가는 것은 식은 죽 먹기겠지요."

"죽은 것도 아니고 산 것도 아닌 사람이라니, 생각만 해도 끔찍한 술법이군요."

"그러게 말입니다."

"그나저나 시신들의 뇌파 검사가 어떻게 나올지 궁금하군요."

"저도 그렇습니다."

경찰은 이들을 잡아서 의학적인 검사를 실행하겠다고 말했는데, 과연 어떤 결과가 나올지 자못 궁금해지는 태하였다.

레릭의 지인은 태하의 일행을 이탈리아 경찰병원 검사실로 안내했다.

"이제 곧 MRI와 뇌파 검사가 실시될 겁니다. 과정을 지켜보고 싶으시다면 들어오시지요."

"감사합니다."

잠시 후, MRI와 뇌파 검사가 시행되어 피해자들의 뇌 상태를 화면에 투영시켰다.

위이이잉.

강진희는 이들의 뇌파 검사 기록을 보며 흠칫 놀라지 않을 수 없었다.

"…뇌경색?"

"경색이 이뤄지면서 점점 뇌피질이 딱딱하게 굳어버린 겁니다. 한마디로 뇌가 돌덩이처럼 변해 버린 거죠."

"정말로 뇌가 없어진 것인가?"

태하는 사진을 아주 자세히 들여다보았다.

"흐음……."

의학적인 지식은 아주 얕은 수준이지만 일반적인 뇌와 비교하는 것은 가능한 태하였다.

그는 일반인의 뇌파를 담은 사진과 환자의 사진을 번갈아보며 차이점이 있는지 분석해 나갔다.

바로 그때, 태하의 눈에 이상한 것이 하나 들어왔다.

"잠깐, 저 위에 뭔가 있어요!"

"위에?"

"오른쪽 상단을 보십시오! 작은 돌덩이 같은 것들이 마구 뭉쳐 있는 것 같은데요?!"

"돌덩이라……. 그렇군요!"

마치 자갈더미처럼 작은 돌덩이들이 뭉쳐 있는 모양이 뇌에 자리 잡고 있었는데, 이것은 상식적으로 말이 안 되는 일이었다.

"뇌에 저런 것들이 들어가 있다니!"

"아무래도 저것들이 이번 사건을 일으킨 주범이 아닐까요?"

"그래요, 의심할 여지는 충분합니다. 부검을 통하여 저것이 무엇인지 분석해 보기로 합시다."

경찰은 이들을 실험하는 과정에서 뇌사는 물론이고 맥박과 혈압 역시 잡히지 않는다는 것을 알게 되었다.

가족들에게는 이들이 사망한 상태로 움직였다는 말을 전하고 장례식을 치를 것인지 치료감호를 시킬 것인지를 물었다.

절반은 살려두겠다고 말했지만, 절반은 이대로 편하게 보내주겠다는 의견을 보내왔다.

이탈리아 경찰은 절반의 피해자를 모두 부검하여 이들이 어째서 죽은 채로 걸어 다녔는지 알아낼 생각이다.

레릭의 지인은 태하에게 부검에 참여할 것인지 물었다.

"어떻게 하시겠어요? 부검에 함께 들어가시겠습니까?"

"그렇게 해주신다면 고맙고요."

"그래요, 함께 갑시다."

이미 교황청과 제휴가 된 이탈리아 경찰은 태하와 인행을 모두 부검실로 데리고 들어가 주었다.

* * *

일본 가나자와의 한 농가.

뚜두두둑!

"쿨럭쿨럭!"

청년은 아까부터 연신 피를 토해내며 몸을 배배 꼬고 있었다.

"끄헥, 끄헥!"

기이한 숨소리와 괴성이 청년을 감쌌고, 이제 그는 더 이상 인간의 모습이 아닌 괴생명체가 되어버렸다.

잠시 후, 그의 목이 360도로 돌아가 버렸다.

뚜두두둑, 빠악!

"……."

더 이상 청년의 눈동자에는 생기가 없었으며, 몸의 모든 관절이 반대로 뒤틀려 등이 아래로 가도록 엎드려 기어 다니는 형국이 되었다.

샤샤샤샤샤샥!

마치 거미처럼 재빨리 기어나간 그는 창고에서 탈곡기를 돌리고 있는 노부부에게로 다가갔다.

"씨헥, 씨헥!"

"어, 어어어……?!"

"츠, 츠바사?!"

"크하아아악!"

고개가 반대로 꺾인 청년은 360도로 자유롭게 돌아가는 머리로 노부부의 팔과 다리를 무참히 물어뜯어 버렸다.

촤악!

"끄아아아아악!"

"여, 여보?!"

"이, 이놈! 도대체 이 아비에게 무슨 짓이냐?! 요즘 통 이상한 소리만 지껄이더니 이제는 아비 어미도 못 알아보는 것이냐?!"

"쩝쩝, 크하아아악!"

그는 마치 걸신이 들린 야수처럼 아버지의 팔과 다리를 마구 뜯어 먹다가 고개를 돌려 어머니의 허벅지를 미친 듯이 물어뜯었다.

뚜두둑!

"으으으윽!"

"아야코!"

"여, 여보!"

노인은 하는 수 없이 자신이 사랑하는 아들을 죽일 수밖에 없다고 판단했다.

"미안하네! 자네가 낳은 우리 아들을 보내야겠어!"

"…이해할게요."

지금 이들의 앞에 있는 생명체는 더 이상 인성이나 자각이 없는 괴물에 불과했다.

노인은 자신의 손에 있던 도리깨로 아들의 머리를 찍어버렸다.

빠각!

"끼헤에에엑!"

"…미안하구나! 내세에 다시 만나자!"

퍽퍽퍽!

아버지는 아들의 머리를 마구잡이로 두들겨 패버렸고, 그의 머리에선 검붉은 액체가 사정없이 튀어나왔다.

"……."

"허억, 허억!"

사방에 튀어 붙은 아들의 혈액과 살점을 바라보며 노부부는 좌절하고 말았다.

"…내가 아들을 죽였어!"

"여보……."

바로 그때, 사방에서 경찰차들이 마구 몰려들었다.

위용, 위용!

"꼼짝 마! 경찰이다!"

"……."

경찰들은 처참한 살해의 현장을 바라보며 눈살을 확 찌푸렸다.

"…엄청난 살인이군!"

"체포해!"

저항의 기색이 전혀 없는 노부부의 손에 수갑을 채운 경찰들은 산산조각이 나버린 아들의 머리에 흰색 천을 덮었다.

그러면서 합장을 했다.

착착!

“부디 좋은 곳으로 가시길…….”

눈을 감은 경찰들에게 너무나도 뜻밖의 일이 벌어졌다.

끼기기기기긱.

“으응?”

“끼헤에에에엑!”

죽은 줄 알았던 청년이 다시 자리에서 일어나 앞에 있는 경찰의 목덜미를 물었다.

푸하아아아악!

“끄악, 끄아아아악!”

“이런 빌어먹을!”

“경찰을 공격했다! 발포해!”

탕탕탕!

괴기스러운 소리를 내며 쓰러진 괴물, 경찰들은 그 시신에 몇 방인가 총을 갈긴 후 부상자를 확인했다.

“이봐, 괜찮나?!”

“쿨럭쿨럭!”

“응급 환자다! 어서 의료팀을 불러!”

“예, 경위님!”

사건을 수습하려다 청년에게 공격을 당한 경찰들은 이 사건의 핵심인 두 부부에게 물었다.

"당신들의 아들이라고 들었습니다. 어떻게 된 겁니까?"

"…나도 잘 몰라요. 그냥 요 며칠 이상한 소리만 지껄이더니 오늘 갑자기 미쳐서 날뛰기 시작했습니다."

경찰들은 두 부부의 팔과 다리가 거의 넝마가 되어버린 것을 보곤 이 사건이 어떻게 해서 벌어졌는지 알 것 같았다.

"아들이 두 분의 팔과 다리를 물었습니까?"

"…네, 마치 고기를 갈구하는 사자와 같았죠."

"충분히 이해가 됩니다. 씁쓸하지만 경찰서로 가셔서 조금 더 자세한 얘기를 해주십시오."

"알겠습니다."

경찰들은 두 부부를 경찰차에 태워 경찰서로 향했다.

"휴우, 이게 무슨 재앙이람?"

"그러게 말이야."

사건 현장을 수습하기 위해 남은 인력은 처참한 몰골로 죽어버린 청년을 흰색 천으로 덮었다.

촤락!

"부디 다시는 일어나지 말기를."

"참, 좀비도 아니고 이게 무슨 일이래?"

"누가 아니라는가? 그나저나 은퇴한 국회의원 집안에서 이런 말도 안 되는 일이 벌어지다니, 아무리 금수저라도 죽는 데엔 순서가 없는 모양이야."

"그러게 말일세."

경찰들은 일본 여당의 실세이던 카와즈키 마모루 전 의원의 일가를 수습한 후 주변에 폴리스 라인을 쳤다.

8. 일어날 수 없는 사건들

저주마법의 피해자들, 통칭 '버서커'라고 부르게 된 시신을 해부하는 부검 작업이 이어지고 있다.

"2번 메스."

"예."

두 부검의가 서로 도우면서 시신을 해부하는 중이다.

촤아아악!

가장 먼저 개복을 실시하였는데, 사방으로 찐득찐득한 액체가 튀어 올랐다.

"…이게 뭐지?"

"아무래도 위액에 넘친 것 같은데?"

부검의들은 손가락으로 액체를 찍어 냄새를 맡아보았다.

"킁킁."

"아니야, 이건 위액이 아니야. 마치 아주 까맣게 탄 장작이 내는 훈연 향이 나는데?"

그들은 개복시킨 이의 장기를 꺼내어 그 모양을 관찰하기로 했다.

스윽, 스윽.

하지만 그들의 손에 잡히는 것은 끈적끈적한 액체뿐, 장기는 아예 형체를 찾아볼 수가 없었다.

"이상하군. 분명히 MRI와 CT를 찍을 때만 해도 장기들이 제자리에 있었는데 말이야."

"장기들이 녹아서 이런 진액으로 변한 것인가?"

"…말도 안 되는 일이 벌어졌군."

장기들이 스스로 액화되어 사라지는 현상은 지금까지 그 어떤 현장에서도 벌어진 적이 없던 일이다.

부검의들은 이 모든 것을 촬영하기 위해 VCR를 켰다.

딸깍!

"극비에 진행하기로 한 것 아닌가?"

"아무리 극비라도 사람들이 우리의 말을 믿어주어야 할 것 아닌가? 상부에는 도대체 뭐라고 보고할 거야?"

"하긴."

그들은 액화가 되어버린 장기를 카메라로 찍어서 남겨두기로 했다.

"자, 그럼 이번에는 두부를 개부하자고."

"알겠어."

의료용 글라인더로 후두부를 개복시킨 두 사람은 검은색 액체가 자신들의 얼굴로 튀는 것을 목격했다.

좌아아아아악!

"…이건 또 뭐야?"

"뇌, 뇌가 없어?!"

"아무래도 뇌가 녹아서 이 검은색 액체가 된 모양이야."

"세상에 이런 일이 다 있다니!"

"…내가 부검의로 재직한 지 어언 25년이 다 되어가는데 이런 일은 처음이야."

"나 역시 그렇다네."

이탈리아 경찰은 이번 부검을 조금 더 정밀하게 하기 위하여 경찰대학에서 법의학 교수로 재직하고 있는 두 사람을 사건에 투입시켰다.

그들은 환갑이 다 된 나이로 수술실에 들어와 개복함에 있어 의아함을 느꼈지만 이제는 그 의아함이 눈 녹듯이 사라져 버렸다.

아마 젊은 부검의들이었다면 이런 초자연적인 현상을 결코 이해할 수 없었을 테니 어쩌면 수많은 사건을 겪은 그들이 적격이라 할 수 있었다.

하지만 그런 그들에게도 지금 이 현장은 생소하고도 충격적이지 않을 수 없었다.

"이걸 도대체 뭐라고 설명해야 할까?"

"…자네 요즘 새로운 논문을 준비한다고 하지 않았나?"

"제기랄, 이런 말도 안 되는 일을 어떻게 논문에 올리겠나?"

이 모든 현장을 지켜보고 있던 태하와 일행은 사건이 점점 더 미궁으로 빠지는 것을 느꼈다.

"사람의 장기와 뇌가 그대로 녹아버리다니, 아마도 저들은 시간이 지남에 따라 뭔가 특수한 존재로 변모하는 것 같군요."

"그러니까 저들이 죽어서 다시 살아나는 것이 아니라 무언가 새로운 생명체로 변태를 하는 과정이라는 뜻입니까?"

"그렇다고 볼 수 있죠."

"마법이라는 술법이 도대체 어떤 것이기에 생명체의 형질까지 바꿀 수 있는 겁니까?"

레릭은 자신이 알고 있는 천하마술단의 술법에 대해서 설명했다.

"아주 오래전 천하마술단은 인간의 피를 섞어서 인위적으로 돌연변이를 만드는 실험을 했습니다. 그때는 의술이 제대로 발

달하지 않아 변변한 마취약조차 없던 시절이죠."

"그런데 어떻게 돌연변이를 만든다는 거죠?"

"마법으로 혈청을 분리한 후 그것을 마력으로 섞어 새로운 피를 만들어냈습니다. 그리고 그것을 살아 있는 사람에게 주사하여 일종의 감염 반응을 일으킨 것이지요."

"그렇다면 그들이 돌연변이 생성에 성공했다는 말입니까?"

"네, 맞아요. 그들은 그렇게 만들어진 생명체를 '키메라'라고 불렀답니다. 가끔 인간이라고 볼 수 없을 정도로 흉악한 외모의 사람들이 지구 곳곳에서 발견되곤 하지요. 우리는 그들이 키메라의 일종이라고 생각하고 있습니다."

"으음, 그럼 이들 역시 키메라의 일종이겠군요?"

"저희들도 처음엔 그저 강령술이나 저주마법에 걸린 사람이라고 생각했지만, 이제 보니 그게 아닌 것 같군요. 이들은 사람에게 돌연변이 세포를 주사하여 감염시키고 있던 겁니다."

"…알면 알수록 사태가 점점 심각해지는데요?"

"그러게 말입니다."

이제 태하는 개인적인 복수가 아니라 조금 더 큰 그림으로 사건을 바라보게 되었다.

"이들의 목적을 알아내는 것이 중요하겠군요."

"하지만 그렇게 할 수 있는 수단이 없잖습니까?"

"흐음."

바로 그때, 카퍼데일에게 명화방의 고수 한 명이 달려와 고개를 숙였다.

척!

"방주님, 새로운 소식이 들어왔습니다."

"말해보게."

"일본 가나자와에서 희생자가 발생했답니다."

"신원은?"

"일본 정치계의 실세이던 전 국회의원의 아들이라고 합니다."

"국회의원이라……."

태하는 이번 사건과 일본의 사건이 뭔가 접점이 있는지 생각해 보았다.

"저들과 이번 사건이 무슨 관련이 있을까요?"

"우선 유사점은 찾아보기 힘듭니다. 이들은 단순한 정신 질환 범죄자이고 지금 죽은 사람은 멀쩡한 전 국회의원의 아들이니까요."

"살아온 환경도 다르고 생긴 것도 다른 사람들이라……. 그래도 공통점이 하나쯤은 있지 않을까요?"

"그것은 지금부터 조사를 해봐야지요."

카퍼데일은 태하에게 일본으로 갈 것을 지시했다.

"자네가 일본으로 가주게. 그곳에서 단서를 찾아줘."

"예, 대사형."

"나는 지금부터 이곳의 희생자들에 대해서 알아보겠네. 다른 사람들도 그렇게 해줄 것이지요?"

"물론입니다. 저희들도 희생자들의 뒷조사를 해보겠습니다."

"그럼 당장 움직입시다."

일행은 일사불란하게 흩어져 목적지를 찾아 떠났다.

* * *

늦은 오후, 일본 가자나와 경찰서 앞에 한 청년이 나타났다.

"가나자와라……. 아주 오랜만이군."

태하는 고등학교를 다니던 시절에 잠깐 일본 가나자와에서 짐꾼 아르바이트를 한 적이 있었다.

집안은 유복했지만 세상 경험이 재산이라고 생각하던 태하는 아주 다양한 아르바이트를 했다.

그중에서도 가나자와에서의 한 달은 그의 인생에 있어 아주 강렬한 인상을 남기는 시간이 되었다.

가나자와 경찰서 앞에 당도한 태하에게 한 여성이 다가왔다.

"태하?"

"나나?"

"우와, 정말 태하야?!"

"그래, 내가 태하야. 나나는 여전히 귀엽네?"

"귀, 귀엽다고?"

"키가 좀 크긴 했지만 여전히 귀여운 얼굴 그대로인데?"

"…얘는 만나자마자 무슨 그런 말을 해?"

"귀여운 것을 귀엽다고 하지 뭐라고 하겠어?"

"하여간……."

나나는 키가 크고 몸매가 좋은 아이였지만, 얼굴이 꽤 귀여워서 주변에 남자친구가 끊이지 않던 것으로 태하는 기억했다.

지금은 어떻게 생활하고 있을지 모르겠지만 그 당시 태하의 기억 속에는 아주 귀엽고 순진한 아이로 남아 있었다.

태하는 그녀의 어깨에 손을 턱하니 올려놓았다.

턱!

"그래도 제법 늠름한데? 경찰이 되었다는 것도 놀라운데 형사라니, 이게 도대체 어떻게 된 일이야?"

"그냥 살다 보니 그렇게 되었어. 사람이 꼭 자신의 적성에 맞는 일만 할 수는 없잖아?"

"으음, 그건 그렇지."

그녀의 집안은 대대로 경찰 집안이라 나나 역시 경찰이 되리라고 집안의 구성원 모두가 생각하고 있었다. 하지만 그녀의 꿈은 원래 플로리스트였다.

"만약 다시 태어난다면 정말이지 경찰은 하지 않을 거야."

"후후, 그게 어디 마음처럼 쉽게 되나?"

"…그건 그렇지만."

나나는 조금 풀이 죽은 얼굴로 태하를 안내했다.

"…이탈리아 경찰에게 전화 받았어. 우울해도 일은 일이니까."

"그래, 일부터 하고 추억을 곱씹자고."

그녀는 태하를 경찰서 안으로 안내하며 자신의 본가에 대해 말했다.

"엄마가 태하, 네가 온다고 하니까 벌써 이불을 빨아놓고 방을 비워두었어."

"그, 그래?"

"원래 엄마가 태하를 아주 좋아했잖아."

나나의 집안은 태하를 아주 마음에 들어했는데, 특히나 그녀의 어머니는 태하를 사윗감이라고 점찍어놓았었다.

너무 적극적인 그녀의 구애가 부담스럽기는 해도 시골집에 온 것 같은 느낌이 들어 마음이 편안해지곤 했다.

"오랜만에 일본 가정식을 먹어보겠군."

"오늘은 전갱이 구이 한대. 어때? 전갱이 좋아했잖아."

"으음? 그걸 어떻게 기억하고 있어?"

"그걸 왜 몰라? 한 달이나 한 집에서 살았는데."

"이야, 이거 참 영광인데? 동네의 인기 스타 나나가 내 식성까지 다 기억하고 있다니 말이야."

"쳇, 또 놀리는 거야?"

"하하, 사실인데, 뭐."

두런두런 얘기를 나누다 보니 어느새 조사실 앞에 멈추어 선 태하이다.

"여기야."

"고마워."

"별말씀을."

태하는 나나와 함께 마모루 카와즈키 전 의원이 들어 있는 조사실 문을 두드렸다.

똑똑.

"네, 들어오십시오."

"안녕하십니까? 김태하라고 합니다. 교황청과 제휴를 맺은 특별조사관입니다."

"말씀은 전해 들었습니다만, 교황청에서 저를 어떻게 찾아오신 것이지요?"

"아드님의 폭주에 대해서 자세히 조사해야 할 일이 생겨서 말입니다."

"…우리 아들 츠바사에 대한 얘기를 듣고 싶어서 오신 거군요."

"예, 그렇습니다. 츠바사 씨는 원래 정신 질환을 앓고 있지 않았다고 하더군요."

"맞습니다. 그 아이는 원래 동경대를 수석으로 졸업하고 차기 국회의원으로 거론되고 있었습니다. 저도 그 아이를 후계자로 지목했고요."

"그렇다면 능력도 뛰어나고 자질도 뛰어난 아들을 허무하게 잃었다는 말이 되겠군요."

"…가슴이 아픕니다만, 사실이 그렇지요."

"유감입니다."

"……."

태하는 그에게 사진을 몇 장 보여주었다.

"아드님과 비슷한 증상을 겪은 사람들입니다. 지금은 부검하여 사망 후에 움직였다는 진단을 내렸지요."

"…죽은 사람이 살아 움직였단 말입니까?"

"그렇습니다. 아드님의 경우에도 살아 있는 인간이 보기엔 뭔가 부자연스러운 면이 많았다고 들었습니다만?"

그는 잠시 생각에 잠겼다.

"으음……."

"잘 생각해 보십시오. 관절의 위치라든가……."

"그래, 맞아요! 목이 자유자재로 돌아가 사람을 마구 물어뜯었지요."

"아마 머리가 깨지거나 심장이 관통되어도 사람을 공격했을 겁니다."

"…잘 아시는군요."

"공통적으로 나타나는 현상 중의 하나에 불과한 일이니까요. 그 밖에 사람의 생고기를 탐낸다거나 맥박과 혈압이 아예 잡히지 않는다거나……."

그는 괴롭다는 듯이 고개를 내저었다.

"…그만하시죠."

"죄송합니다. 예를 들다 보니 말이 좀 길어졌군요."

"아무튼 그 모든 것이 우리 아들이 단순한 살인마가 아니라 또 다른 무언가라고 단정 짓는 이유가 되겠군요."

"그렇습니다. 아드님은 살인마가 아니라 일종의 감염에 대한 피해자입니다."

"피해자라……. 그렇게 말하는 사람은 선생님이 처음이군요."

"사실이 그렇습니다. 그와 같은 피해자는 얼마든지 있습니다. 다만 경찰에선 그들을 살인 용의자로 취급하기 때문에 문제지요."

그는 태하의 말에 정면으로 반박했다.

"하지만 제 아들이 사람을 죽일 뻔한 것은 사실입니다. 이유가 어찌 되었건 간에 사람을 공격하고 죽일 뻔한 것은 없어지지 않아요."

"뭐, 유감스럽게도 선생님의 말이 옳습니다. 죄는 없어지지 않지요."

태하는 그에게 아들에 대한 부검을 진행하는 한편, 그 생에 대하여 깊게 고찰할 수 있도록 도움을 청했다.

"정계를 은퇴하셔서 낙향을 즐기고 계시다는 것은 잘 압니다만, 아드님을 이렇게 만든 사람을 꼭 잡아야 합니다. 그래야 2차 피해자가 나오지 않을 테지요."

"…제가 도움이 될까요?"

"아주 사소한 것이라도 좋습니다. 아드님에 대한 것이라면 뭐든 알려주십시오."

"알겠습니다. 참고인 진술이 끝나면 집으로 초대하겠습니다. 전화번호를 남겨주세요."

"감사합니다. 어려운 결정일 텐데 뭐라 감사의 말씀을 드려야 할지 모르겠군요."

"제 생각에도 경찰의 수사에는 한계가 있다고 생각합니다. 절차도 복잡하거니와 피의자의 심층적인 부분은 수사하지 않으니까요."

태하는 그에게 깊이 고개를 숙였다.

"아무튼 어려운 결정 내려주심에 다시 한 번 감사를 드립니다."

"별말씀을요."

넋이 나갈 것 같던 마모루의 눈동자가 불같이 타오른다.

"아무쪼록 범인을 꼭 잡아주십시오. 그놈을 잡아주시기만 한다면 뭐든지 하겠습니다!"

"그건 걱정하지 마십시오. 제 목숨을 던져서라도 놈을 꼭 잡겠습니다."

태하는 범인을 잡겠다는 의지를 다시 한 번 불태웠다.

*　　　*　　　*

그날 저녁, 태하는 가나자와 외곽에 위치한 고저택으로 향했다.

탈탈탈!

저번 달에 온 초대형 태풍으로 인해 도로가 망가져 차가 위아래로 심하게 흔들리고 있었지만, 나나와 태하의 이야기꽃은 지지 않았다.

"이곳은 변하지가 않네. 여전히 그대로야."

"사람들은 이 동네가 마치 시간이 멈춘 곳 같다고 말하곤 해."

"그래, 시간이 흘러도 변하지 않는 것이 있다는 것은 좋은 일이지."

"하지만 그와 함께 나의 시간도 함께 멈춘 것 같아. 나는 내가 서른이 넘었다는 것을 제대로 자각해 본 적이 없어."

"동화의 주인공을 보는 것 같군."

"…피터팬은 초능력이라도 있었지, 나는 그냥 뒷방에 앉아 나이만 먹을 뿐이야. 매번 거듭되는 선 자리도 이제는 지겹고 말이야."

"서른이 넘은 여자를 버겁다고 하는 지방에선 어쩔 수 없는 일 아니겠어?"

"그래서 더 결혼을 못하는 것인지도 모르지."

지금 나나의 친구들은 전부 결혼해서 초등학교에 들어가는 아이들이 있다고 했다.

아마 나나는 자신의 삶이 무의미하게 흘러갔다고 생각하고 있는 모양이다.

"이 세상의 그 어떤 시간도 무의미하지는 않아. 너는 올바른 삶을 살고 있는 거야."

"말이라도 고마워."

잠시 후, 태하가 몰던 차가 나나의 집 앞에 도착했다.

띵, 띵.

고즈넉한 종소리가 울려 퍼지는 고저택의 앞마당에는 강아지들이 마음껏 뛰어놀고 있고, 그 옆에는 시골 닭과 염소들이 한가롭게 낮잠을 즐기고 있었다.

태하는 이곳에서 짐꾼으로 일하던 때가 생각났다.

"그래, 이곳에서 숙식하면서 짐꾼 노릇을 했었지."

"생각나?"

"물론이지. 비가 몇날 며칠을 내리 오는 바람에 우의를 입고 일했지. 감기가 걸릴 법도 한데, 그때의 나는 왜 그렇게 팔팔했는지 몰라."

"쿡쿡, 그래서 동네 어른들이 너를 보고 사이보그라고 했지?"

"맞아. 영화에 나오는 터미네이터 같다고 말이야."

두 사람이 추억을 떠올리고 있을 무렵, 저택의 문이 열리며 일본 전통 의상을 입은 여성이 나왔다.

"태하 군?"

"안녕하십니까? 오랜만이죠?"

"어머나, 세상에! 그 풋풋하던 소년이 이렇게 늠름한 청년이 되었어?!"

"늠름하다기보다는 세상의 때를 좀 탔지요."

"때를 참 멋있게 탔네."

"하하, 감사합니다. 어머님도 미모가 무르익은 것 같군요. 이제는 절세가인이라고 해도 과언이 아니겠어요."

"…어머, 그새 아주 남자가 다 되었네?"

이곳은 오래전에 료칸으로 사용하던 곳이라 방이 많고 일본 전통 가옥 특유의 분위기가 잘 살아 있었다.

안주인 시즈카는 고풍스러운 이 집과 아주 잘 어울리는 중년여성이었다.

그녀는 태하의 팔짱을 끼고 집 안으로 들어갔다.

"자자, 들어가요."

"네, 어머님."

"내 욕심인지는 몰라도 어머님보다는 누님으로 불리고 싶은데?"

"하하, 그럼 그럴까요?"

태하를 좋아하던 시즈카의 호감은 여전히 남아 있는 모양이다.

그녀는 태하에게 편안한 계량 유카타를 내어주었다.

"우리 바깥양반이 입던 건데, 맞으려나 모르겠어요."

"감사합니다."

"방은 전에 사용하던 그 방을 사용하면 되고요."

"잘 쓰겠습니다."

시즈카는 유카타를 받아 든 태하에게 귓속말로 아주 작게 속삭였다.

"…그리고 옆방은 우리 딸 방인데, 문을 열면 옆으로 통하게 되어 있어."

"예, 예? 그걸 왜……."

"으이그, 왜긴! 알면서 뭘 물어봐?"

태하는 당혹스러움을 감추지 못했다.

"험험, 저희들은 그런 사이가 아닙니다만?"

"남녀 사이가 다 그렇고 그런 것이지. 아무튼 건투를 빌어요."

"……."

그는 다시 한 번 예전의 기억이 떠올랐다.

'그래, 이런 부담감이 있었지.'

태하는 쓰게 웃었다.

*　　　　*　　　　*

다음 날, 태하는 카와즈키 일가가 머물고 있던 농가를 찾았다.

끼이익!

일본 전통 가옥 중에서도 옛 농가의 분위기가 물씬 풍기는 카와즈키 별장에는 아직도 노란색 폴리스 라인이 쳐져 있었다.

태하는 노란색 플라스틱 테이프를 위로 살짝 들어 올리고 그 안으로 들어갔다.

휘이이잉!

산들바람이 농가를 스치고 지나가자 태하의 코로 지독한 악취가 흘러들어 왔다.

"…괴생명체로 변태하던 것이 틀림없다."

인간에서 괴물로 변태하는 과정에서 생성되는 미묘한 시독은 잠시 코에 닿는 것만으로도 속이 울렁거릴 정도로 지독한 악취를 풍긴다.

만약 그 시독이 며칠 묵어서 부패하기 시작했다면 그 냄새는 아마 상상을 초월할 것이다.

태하는 손수건으로 코와 입을 막은 채 주변을 둘러보았다.

끼익, 끼익.

마룻바닥은 다 꺼져서 흙이 위로 올라온 상태였고 벽은 사람과 괴물의 피로 온통 얼룩져 있었다.

태하는 핏자국을 따라 걸어가다 시독이 가장 지독하게 풍겨오는 작은 방에 다다랐다.

드르르르륵!

미닫이문을 열자 그 안에선 눈을 뜰 수 없을 정도로 지독한 시독이 뿜어져 나왔다.

"쿨럭쿨럭!"

태하는 고개를 좌우로 돌리며 시독에서 벗어나려 했지만, 그 냄새는 도저히 어찌할 수가 없었다.

그는 초인적인 인내심으로 냄새를 참아내며 방 안을 둘러보았다.

"이곳이 츠바사의 방인 모양이군. 아마도 이곳에서 변태가 시작되었겠지."

이렇게까지 지독한 시독을 뿜어내는 것을 보면 이 방에서 무언가 강렬한 사건이 일어난 것이 분명했다.

태하는 그의 방을 꼼꼼하게 둘러보다가 특이한 물건을 하나 발견해 냈다.

촤락, 촤락!

"약통?"

엄지손가락보다 조금 작은 약통에는 백색 알약이 들어 있었는데, 약에는 '마제스티 제약'이라는 글귀가 적혀 있었다.

"마제스티 제약이라……. 처음 들어보는 상호인데?"

이 세상에는 수많은 제약회사가 있지만 약품에 관련된 계열사를 가지고 있던 태하는 어지간한 제약회사의 이름은 줄줄이 꿰고 있었다.

하지만 아무리 생각을 더듬어보아도 이렇게 독특한 이름을 가진 제약회사는 기억이 나지 않았다.

일단 태하는 약을 주머니에 넣고 츠바사가 가지고 다니던 배낭을 열어보았다.

지익!

굳게 닫혀 있는 지퍼를 열자 그 안에선 여행 책자와 우울증 관련 책자들이 쏟아져 나왔다.

"우울증이라……."

태하는 그가 읽고 있던 책자에서 심심치 않게 나온 우울증 테스트 쪽으로 책장을 넘겼다.

연필로 몇 번이고 지웠다 다시 쓴 흔적이 가득한 우울증 테스트는 전부 100% 심각한 수준이라는 지표를 보이고 있었다.

한마디로 츠바사는 중증에 이르는 심각한 우울증을 앓고 있던 것이다.

“아무래도 이 약은 우울증을 치료하는 약인 모양인데?”

태하가 조사에 열을 올리고 있는 바로 그때였다.

바스락!

‘인기척?!’

그는 귀영보를 극성으로 전개시켜 자신의 신영이 남의 눈에 보이지 않도록 했다.

천장에 거꾸로 매달린 태하는 츠바사의 방을 향해 걸어오는 한 남자를 바라보았다.

뚜벅뚜벅.

군화와 야전 상의 점퍼를 입은 남자는 주변을 둘러보며 뭔가를 찾고 있는 것 같았다.

아무래도 일본경시청에서 나온 사람은 아닌 듯 머리색과 눈동자가 아주 이채로웠다.

‘저놈이 범인인가?’

순간, 태하는 그의 위로 뚝 떨어져 내렸다.

파밧!

"…웬 놈이냐?"

"허, 허억!"

"죽고 싶지 않다면 바른 대로 말하는 것이 좋다."

"이런 빌어먹을!"

사내는 주머니에서 아주 오래된 지팡이를 꺼내 들었는데, 태하는 본능적으로 그것이 자신을 해치는 데 사용될 무기라는 것을 알아챘다.

툭툭!

태하는 재빨리 그의 혈도를 막아 몸을 움직일 수 없도록 만들었다.

"어, 어어?!"

"마비가 왔을 것이다. 아마 내가 네 혈도를 풀어주지 않는다면 평생 그렇게 나무 석상처럼 살아가게 될 것이다."

"…네놈, 마법을 사용할 줄 아는 놈이냐?!"

"그딴 사술 따위를 배워서 무엇에 쓰려고? 네놈들처럼 사람을 괴물로 만드는 데 사용하라고?"

그는 조금 누그러진 얼굴로 태하를 바라보았다.

"잠깐, 그렇다면 천하마술단이 아니란 말이야?"

"뭐?"

"천하마술단이 아니냐고 물었다."

태하는 고개를 끄덕였다.

"그렇다. 나는 명화방에서 나온 사람이다."

"…명화방!"

그는 억지로 고개를 돌려 태하를 바라보며 말했다.

"명화방이라면 혹시 그 엄청난 무력 집단을 말하는 것인가?"

"엄청난 사람들인지는 몰라도 내가 속한 곳은 무인들이 득실거리는 집단이다."

"그렇군. 내가 찾던 그 명화방이 분명해."

"……?"

"이것을 풀어주기 전에 내 소개를 하지."

"…어디서 약을 파는 것인가?"

"약을 파는 것인지 아닌지는 내 주머니를 뒤져보면 알 일이다."

태하는 그의 야전 상의 점퍼를 뒤적거려 한 권의 다이어리와 몇 장의 쪽지를 발견해 냈다.

그의 다이어리에는 너무나도 의외의 신분증이 들어 있었다.

"MI6?"

"그렇다. 나는 MI6의 요원 올란드 차베스트다."

"흐음."

태하는 올란드 차베스트의 신분증을 사진으로 찍어서 라일라에게 전송했다.

"라일라, 혹시 이런 사람이 진짜 MI6에 있는지 확인 좀 해줘."

—예, 보스.

대략 5분 후, 그녀가 태하에게 답을 보내왔다.

—올란드 차베스트, MI6 대외공작부 소속입니다.

"대외공작부라……."

—직급이 꽤 높은데요? 부부장?

"부부장이라면 대외공작부의 2인자라는 소리네?"

—네, 그렇습니다.

"그렇군. 고마워."

—예, 보스.

전화를 끊은 태하가 올란드를 바라본다.

"정말 MI6에서 나온 사람이었군."

"세상 속고만 살았나?"

"요즘 세상에는 워낙 약을 파는 놈들이 많아서 말이야."

"후후, 그렇지 않은 사람도 분명 있어."

태하는 올란드의 막힌 혈도를 뚫어주었다.

툭툭!

그는 풀린 몸통을 이리저리 틀며 굳어 있는 관절을 풀었다.

"후우, 이제야 좀 살 것 같군."

"그나저나 마법을 사용할 줄 아는 것 같던데, 정체가 뭐야?"

"내 정체가 궁금한가?"

"…그래서 묻고 있지 않나?"

"좋아, 이곳에서 발견한 단서를 나에게도 제공한다고 약속하면 내 정체에 대해서 알려주도록 하지."

"싫다면?"

"MI6가 잡은 천하마술단의 흔적들을 놓치게 되겠지."

"깍쟁이군."

"깍쟁이처럼 군 것은 그쪽인 것 같은데?"

태하는 어쩔 수 없이 그와 공조하기로 했다.

"가지. 이곳에서 할 수 있는 얘기는 아닌 것 같아."

"…그러자고."

두 사람은 지독한 악취를 피해 한적한 오솔길로 향했다.

9. 의외의 조력자

올란드는 어려서부터 아주 특이한 체질이었다고 말했다.

"내 눈동자를 잘 봐. 양쪽 색이 다르지?"

"한쪽은 파란색, 한쪽은 빨간색이라니, 어릴 때 고생 좀 했겠는데?"

"내가 살던 동네는 오드아이가 마녀의 핏줄이라면서 핍박을 일삼았어. 그도 그럴 것이, 그 마을에는 예로부터 마법을 부리는 수상한 사람들이 종종 나타나 주민들을 잡아가곤 했어."

"그 마법사들이 바로 천하마술단이라는 소리군."

"맞아. 자세히는 모르겠지만 나 역시 천하마술단의 핏줄을 이어받은 것이 아닌가 싶어."

"흐음."

"만약 내가 천하마술단의 핏줄을 이어받았다면 모든 것이 설명돼. 나는 어려서부터 아주 독특한 능력들을 발현했어."

그는 손가락을 펼쳐 태하의 옆에 있는 돌멩이를 가리켰다.

"이를테면……."

스스스스스슥!

"염력?"

"어떤 사람들은 염력이라고 하고 어떤 사람들을 이것을 마법이라고 부르기도 했지."

"그래, 바로 저런 능력을 두고 마법이라 부르는 모양이군."

"나는 이런 능력을 가지고 있으면서도 어째서 내가 능력을 부릴 수 있는지 몰랐어. 다만 본능에 의해 염력 비슷한 마법을 사용하는 것일 뿐."

"흐음."

"내가 이 능력을 거의 다 각성했을 때쯤 천하마술단이 나를 찾아왔다."

"……!"

그는 자신이 천하마술단에 있을 때의 사진을 태하에게 보여주었다.

아주 행복해 보이는 미소를 짓는 그의 곁에는 비슷한 또래의 남녀들이 북적이고 있었고, 그 뒤로는 나이가 지긋한 노인들이 앉아 있었다.

"지금 이들은 모두 천하마술단의 주축이 되었어. 일부는 아예 그곳에 뿌리를 박아버렸지."

"저 노인들은 그럼 누구인가?"

"우리에게 마법을 사사해 준 사부들이다. 지금은 세상을 떠나고 없어."

"흠……."

"그들은 나처럼 마력을 사용할 줄 아는 아이들을 데려다가 집중적으로 훈련시키고 그에 맞는 특성을 함양시켜 주었다. 그중에 일부는 천하마술단을 빠져나와 일반적인 삶을 살고 있지."

"마치 너처럼?"

"나는 그중에서도 단연 특이한 케이스다. 그들이 벌이는 범죄들을 억제하는 영국 정보부 요원이 되었으니 말이야."

올란드는 자신의 등에 있는 흉터를 태하에게 보여주었다.

스윽.

살며시 옷을 벗은 올란드는 흉측하게 일그러져 있는 검은색 상처를 손으로 만지며 말했다.

"이게 무슨 상처인 것 같아?"

"…마치 피부가 죽어 괴사한 것 같군."

"그래, 맞아. 피부가 죽어서 괴사한 모양이다. 하지만 이것은 실제로 괴사가 아니라 마법사들의 금제다. 만약 내가 천하마술단의 단장을 죽이게 되면 나도 함께 죽도록 되어 있어."

"배신은 죽음을 의미한다, 뭐 그런 뜻인가?"

"그렇다고 볼 수 있지."

올란드는 자신을 비롯한 마법사의 제자들이 이런 끔찍한 금제와 가혹한 생활에 넌더리가 났었다고 말했다.

"이것은 시작에 불과하다. 그들은 사람이 해서는 안 될 짓을 마구 행하면서 아이들을 혹사시켰다. 지금 벌어지고 있는 이 괴상한 사건들 역시 아이들을 혹사해서 만들어낸 고통의 산물이다."

"그렇다면 너는 지금 이 사건의 실체가 무엇인지 알고 있다는 소리군."

"물론이다. 이것은 흑마술의 일종인 강령술이다."

"강령술이라……."

그는 태하에게 조금 더 자세한 설명을 곁들여 주었다.

"강령술이란 술자가 피해자의 뇌에 흑마석을 삽입해서 그들을 의식이 없는 권속의 형태로 바꾸는 일이다. 지금 벌어지고 있는 이 강령술은 그 악독함이 가히 최상급에 이르는 것 같고."

"흠……."

"강령술은 한번 걸리면 절대로 풀려날 수 없다. 물론 강령술을 행하는 데엔 몇 가지 조건이 있다. 그중에 첫 번째는 바로 피술자의 정신 상태가 정상이 아니어야 한다는 것이지."

"이를테면 우울증이라든가 조울증 같은 것?"

"그렇다. 우울증, 강박증, 조울증 등등 사람의 전신머리가 온전하지 못한 상태에선 강령술이 100% 먹혀들어 간다."

"만약 그 대상이 아주 멀쩡한 사람이라면?"

"반대로 강령술을 시전한 사람이 피해를 입게 될 것이다. 강령술은 아주 고도의 집중력과 정신적인 연결이 필요한데, 연결이 한 번 실패하게 되면 반드시 한쪽 뇌가 괴사하고 말지."

"극단적인 사술이군."

"하지만 그런 위험부담을 감수하면서까지 강령술을 사용하려는 이유는 그들의 복종이 아주 절대적이기 때문이지."

"자신의 목숨을 걸고 충성스러운 피조물을 만들어내는 것이다?"

"그래서 마술단에선 이 강령술을 두고 고통의 산물, 혹은 목숨을 건 창조라고 부른다."

그는 지금 벌어지고 있는 이 강령술들이 반드시 하나의 목표를 갖고 있다고 생각했다.

"아마 이놈들이 마구잡이로 강령술을 펼치지는 않을 거야. 반드시 무언가 목적이 있는 행동이다."

“예를 들자면?”

그는 자신의 다이어리에 있는 신문 스크랩을 한 페이지를 꺼내어 보여주었다.

런던 증시 폭락, 마가르타 식품의 강세

“2005년에 발생한 런던 증시 대폭락에 대한 기사다. 이때 유일하게 단 한 종목만 폭락에서 살아남았는데, 지금 이 마가르타 식품은 영국 굴지의 식품회사가 되었다. 이때 이들의 시가총액은 불과 10만 파운드였어. 하지만 지금은 무려 10억 파운드에 육박하는 괴물이 되어버렸지.”

“이 사건 역시 강령술에 의한 결과란 말인가?”

“그렇다. 경찰들이 조사한 바에 따르자면 런던의 증시가 폭락할 당시에 모종의 세력이 일관된 살인을 했다고 했다. 런던 주식 시장을 좌지우지하던 세력들이 모두 같은 방법으로 살해당한 거지.”

“그 살인의 방법이 강령술과 관련이 있었단 말인가?”

“강령술에 당한 피해자들이 관련자들을 모두 물어 죽이면서 주식 시장은 그야말로 아수라장이 되어버렸다. 또한 그들이 죽은 후에 다시 강령술을 사용해서 권속을 만들어 주식을 팔고 사는 형태를 반복했지. 그렇게 주가를 엉망으로 만들어 버린 후엔 그들의 자금을 이용해서 마가르타 식품의 계열사를 비공식적으로 늘리는 데 주력했다. 이렇게 단시간에 성장한 기업은 지금까지 단 하나도 없었으며, 앞으로도 그럴 것이라는 의견이 지배적이다."

"대단한 사건이 일어났었군."

"일반인에겐 2005년 증시 폭락이 그냥 씁쓸한 해프닝으로 기억되겠지만, 그것을 제대로 아는 사람들은 달라."

태하는 천하마술단의 횡포를 더 이상 두고 볼 수 없다고 생각했다.

"그놈들이 노리는 것이 뭘까?"

"나도 그걸 알아내기 위해 일본으로 온 것이다."

"좋아, 그렇다면 한시적으로 동행을 하는 것은 어때?"

"나쁘지 않은 제안이다. 물론 네가 정신적으로 문제가 없다는 조건이 붙겠지만 말이야."

"내 머리는 정상이다. 네 머리는?"

"후후, 정상이다."

태하는 그에게 악수를 청했다.

"정식으로 내 인사하지. 나는 김태하라고 한다."

"김태하, 아주 익숙한 이름이군. 혹시 대한그룹의 총수?"

"맞아."

"의외로군. 사업가가 무력 집단의 일원이라니."

"장사꾼은 검을 쓰면 안 되나?"

"하긴, 그건 그렇지."

그가 태하의 손을 맞잡으며 말했다.

"나는 MI6 대외공작부 부부장 올란드 차베스트다. 앞으로 잘 부탁한다."

"나야말로."

두 사람은 이제 본격적으로 천하마술단의 흔적을 쫓기로 했다.

*　　　*　　　*

태하와 올란드는 일본에서 유통되고 있는 의문의 약품 마제스티 우울증 치료제의 정체부터 밝히기로 했다.

두 사람은 일본의 약품 배급 회사인 나나사키 약품을 찾았다.

나나사키의 약품관리자는 자신을 찾아온 두 사람에게 뜻밖의 말을 털어놓았다.

"이 약품, 10년 전에 사라진 겁니다."

"그런데 어떻게 시중에 유통되고 있던 것이죠?"

"아마 블랙마켓을 통하여 시중에 유통되고 있을 겁니다. 마제스티 제약의 약품들에는 거의 치사량에 달하는 지독한 마약이 들어 있었거든요."

"마약 성분 때문에 유통 금지를 당했지만 반대로 그 때문에 블랙마켓에서 팔릴 수 있던 것이군요."

"그렇습니다. 모르긴 몰라도 이 정도 양이면 대략 100만 엔은 훌쩍 넘을 겁니다."

"꽤 비싼 약이군요."

그는 마제스티 제약의 우울증 치료제를 약제용 절구로 곱게 빻아 1.5L 물병에 넣고 물을 부었다.

츄륵, 츄륵!

"이제 이것은 마약입니다. 이렇게 물에 타서 마시면 거의 천지 분간을 못할 정도로 약에 취하게 됩니다. 일본 클럽에서 많이 사용하는데, 아마 유럽 등지에서도 꽤 많이 사용되는 것으로 압니다."

"한국의 물뽕 같은 건가요?"

"네, 맞습니다. 그렇게 보시면 편하실 겁니다."

"흐음."

"아무튼 이런 약품을 복용했다는 것은 환자가 심각한 우울증을 앓고 있었거나 약물에 중독되었을 가능성이 높다고 볼 수 있지요."

올란드의 지인을 통해서 만나게 된 나나사키의 약품관리자 타츠오 하세가와는 태하에게 블랙마켓의 잠입이 가능함을 귀띔했다.

"하라주쿠 뒷골목에는 이런 블랙마켓이 즐비합니다. 아마 그곳에서 흔적을 찾는 것이 빠를 테지요."

"그들과 접촉하는 것이 어렵지는 않습니까?"

"그렇지는 않아요. 일본 등지에서 마약을 구하려는 사람이 그리 적지는 않잖아요?"

"으음, 그렇군요."

"하라주쿠 블랙마켓에서 가장 유명한 사람은 나츠입니다. 그냥 뒷골목에서 나츠라고 하면 지나가던 개도 다 안다고 할 정도로 유명하죠."

"나츠라……. 알겠습니다. 나츠를 찾아가 약품에 대해 물어보도록 하겠습니다."

"그러시지요."

뜻밖의 단서를 건진 두 사람은 하라주쿠로 향했다.

젊음의 거리 하라주쿠에는 청춘 남녀들의 열정이 넘쳐났다.

빠바바바밤!

거리의 악사들이 들려주는 신명나는 노랫소리를 지나 뒷골목으로 들어가면 하라주쿠는 또 다른 모습으로 변한다.

어두운 골목길을 따라서 길게 늘어선 약장수들은 흔들리는 불빛을 좇아온 약쟁이들에게 마약을 팔았다.

마약이 오가는 이곳은 하루에도 몇 번씩 칼부림이 일어나고 사람이 죽어나가곤 했다.

아수라의 얼굴처럼 서로 극한으로 갈리는 하라주쿠에 태하가 들어섰다.

그는 머리를 네 가지 색으로 물들인 청년에게 다가갔다.

"약 좀 살 수 있나?"

"얼마나 필요한데요?"

"이만큼."

태하는 그에게 100만 엔을 다발로 만들어 건넸다.

"이 정도면 얼마나 살 수 있지?"

"종류에 따라 다르죠. 어떤 물건을 원하시는데요? 필로폰? 코카인?"

"이런 약은 어때?"

츠바사의 방에서 찾은 약병을 건넨 태하에게 약장수가 슬그머니 미소를 지으며 말했다.

"…이 아저씨, 순진하게 생겨서 제대로 약 빠는 사람이네?"

"구할 수 있나?"

"물론이죠. 따라와요."

그는 태하를 데리고 골목 깊숙한 곳에 있는 허름한 술집으로 갔다.

딸랑!

2층과 3층이 모두 여관인 이곳은 입구에서부터 매캐한 마리

화나 연기가 물씬 풍겨오고 있었다.

태하가 유학하던 시절에 본 대마초 흡연의 풍경과 이곳은 그다지 다르지 않은 것 같았다.

젊은이 서너 명 이상만 모이면 굴뚝처럼 대마초를 피워대던 그곳은 태하에겐 아주 생소한 기억이었다.

하지만 지금 이 정도 나이를 먹고 나니 꽤나 익숙한 느낌으로 다가온다.

"아주 굴뚝을 놓고들 있군."

"약보다 연초를 좋아하는 놈들이 분명 있거든요. 원하시면 한 대 그냥 드려요?"

"난 그냥 담배를 좋아한다. 대마초는 냄새 때문에 싫어해."

"아아, 그렇군요. 가끔 그런 사람들이 있죠."

대마초에선 아주 지독한 인분 냄새가 나는데, 비위가 약한 사람이나 악취를 싫어하는 사람은 피우기도 전에 구토를 하기도 했다. 태하는 원래부터 대마초의 냄새를 상당히 싫어했기 때문에 냄새를 맡는 것조차 힘겨울 지경이었다.

하지만 지금 그에게 물러섬이란 있을 수 없었다.

잠시 후, 2층 여관으로 올라간 태하에게 약장수가 열쇠를 하나 건네며 말했다.

"4호실에서 기다려요. 약을 줄게요."

"왜 하필이면 여관에서 기다리라는 거지?"

"훗, 이 아저씨가 약만 빨고 살았나? 약 빠는데 여자가 없으면 어떻게 해요?"

"서비스가 확실하군."

"아저씨가 낸 돈이 얼마인데?"

약장수가 준 열쇠로 문을 열고 들어가니 목욕탕에서 쓰는 의자와 침대, 오일로 된 탕이 준비되어 있다.

아무래도 VIP 손님들은 이곳에서 마약과 섹스를 즐기며 마음껏 돈을 탕진하고 가는 모양이다.

"…돈이 마빡에 튀는 놈들이 꽤 많은 모양이군."

아무리 대한그룹 후계자로 자란 태하이지만 이렇게 엄청난 돈을 뿌리면서 향락에 젖어본 적은 없었다.

마음만 먹는다면 방탕한 생활을 할 수도 있었겠지만 가풍이 꽤나 엄격해서 그러지 못했다.

물론 유흥가에 대한 경험이 전혀 없는 것은 아니지만 그것은 모두 비즈니스 때문에 벌어진 일이다.

태하는 총괄이사로 일하면서 수많은 로비와 접대를 받아봤지만 이렇게 폐쇄적인 경험은 처음이다.

'기분이 별로 좋지는 않군.'

잠시 후, 짧은 치마의 교복을 입은 소녀가 약간 눈이 풀린 채로 들어왔다.

"안녕하세요? 미나예요."

"약은?"

"서두르지 말아요. 다 알아서 가지고 왔으니까."

그녀는 태하에게 약통을 하나 건넸는데, 그 크기가 대략 엄지손가락만 했다.

'그래, 이 물건이 확실하다.'

겉모습은 일전에 본 물건과 똑같으니 내용물만 확인하면 된다.

쿵쿵!

약을 꺼내어 주먹으로 으깬 태하는 그것을 살짝 찍어 맛을 보았다.

"쩝, 크윽!"

강렬하게 뇌를 때리는 이 맛, 분명히 마약 중에서도 최상급에 속하는 느낌이다.

태하는 남은 마약을 불어 공기 중으로 날려 버렸다.

"푸우!"

"…아저씨 미쳤어?! 왜 약을 버리고 지랄이야?!"

"이런 물건은 사라지는 편이 좋아."

그는 손에 쥐고 있는 약통을 내력으로 불태워 버렸다.

화르르르륵!

"어, 어어……?"

"그만 나가라. 잘못하면 다친다."

"아, 알겠어."

그녀가 방을 나가고 난 후 태하는 2층 바닥을 주먹으로 거칠게 내려쳤다.

"백호장!"

콰앙!

태하가 있던 방바닥 전체가 내려앉으면서 1층 로비에 거대한 진동이 일어났다.

쿠웅!

"쿨럭쿨럭!"

"이런 미친?! 도대체 어떤 개자식이 천장을 무너뜨린 거야?!"

"호, 혹시 지진이 난 것은 아닐까?!"

"지진이 났다면 건물 전체가 흔들려야지 왜 한쪽 천장만 무너져?"

잠시 후, 태하는 가장 열렬히 화를 내는 남자의 목덜미를 틀어쥐었다.

퍽!

"끄허어억…!"

"네놈이 나츠냐?"

"…누구냐?! 정체가 뭐야?!"

"그렇군. 이놈이 뒷골목의 큰손이었어."

태하는 그의 관자놀이를 주먹으로 후려쳐 버렸다.

빠악!

"꼬르르르!"

"나, 나츠!"

기절해 버린 나츠를 어깨에 들쳐 멘 태하는 그 즉시 천장을 뚫고 하늘로 올라가 버렸다.

우우우웅, 팟!

콰앙!

"허, 허억!"

"뭐 저런 괴물이 다 있어?! 저 새끼, 혹시 슈퍼맨 아니야?!"

"이봐! 어서 경찰에 신고해!"

"…미쳤어? 약 파티 벌이는 곳에서 경찰에 신고하면 어쩌자는 거야? 다 죽자는 거야?!

"하, 하긴……."

나츠가 사라진 술집은 알아서 사태를 수습하기 시작했다.

*　　　*　　　*

홍콩 침사추이에 등불 축제가 열리고 있다.

팅팅팅팅!

사자춤과 불꽃놀이가 한창인 등불 축제의 현장과 한참이나 떨어진 야시장에 독고성문이 거리를 서성이고 있었다.

그는 벌써 네 시간째 거리를 서성이며 야시장의 이곳저곳을 구경하는 중이다.

그런 그에게 한 사내가 다가와 말을 걸었다.

"왜 이렇게 일찍 나오셨습니까?"

"그냥 할 일이 별로 없어서요."

"장사꾼들은 항상 그렇게 여유롭습니까?"

"일정한 나이가 되면 그렇게 됩니다. 비즈니스 판에서 나이는 벼슬이 아니거든요."

사내는 그에게 핸드폰을 하나 건넸다.

"받으십시오."

"고맙습니다."

잠시 후, 사내가 사라지자마자 핸드폰으로 전화가 걸려왔다.

따르르르르릉!

"여보세요?"

—오랜만입니다.

"그러게 말입니다. 그동안 어떻게 지내셨습니까?"

—우리야 늘 바람처럼 살지요. 그쪽은 어떠셨나요?

"저는 다람쥐가 쳇바퀴를 굴리듯이 살고 있습니다. 40년째 같은 생활을 반복하고 있지요."

—한 분야에서 꾸준하게 오래 일하면 장수하다는 말이 있습니다. 회장님께선 장수하시겠군요.

"대모님 앞에서 장수라는 말을 쓰니 참으로 어색하군요."

—후후, 저에게 있어 시간이란 그저 지나가는 바람과 같은 겁니다. 되돌릴 수 없다면 순응하며 살아가야지 별수 있겠어요?

"맞습니다. 지당한 말씀이시군요."

바로 그때, 독고성문의 옆으로 그림자 하나가 쑤욱 올라와 사람의 형태를 갖추었다.

스스스슷!

그림자에서부터 생겨난 그녀는 독고성문을 바라보며 매혹적인 미소를 지었다.

"그나저나 약속하신 물건들은 어떻게 되었나요?"

"안 그래도 스위스 계좌를 통해 마련해 두었습니다. 오늘 새벽이면 아마 물건을 받아보실 수 있을 겁니다."

"그래요. 고맙군요."

"별말씀을요. 제가 더 감사하지요."

그녀는 독고성문에게 파일을 하나 건넸다.

"자, 처리한 사람들의 명단입니다. 혹시 추가하실 사람이 있으면 말씀하세요."

"조금 시기상조인 것은 압니다만, 천검진을 죽여주실 수 있겠습니까?"

"천검진이라……. 명화방주와 함께 있던 그 꼬맹이를 말씀하시는 건가요?"

"예, 그렇습니다."

"그래요. 문제될 것은 없지요. 하지만 의외로군요. 회장님께서 그깟 애송이 때문에 쩔쩔매다니 말이죠."

"사람이 살다 보면 예상치 못한 일을 겪게 마련이지요. 그놈은 바다에서 만난 암초입니다. 제거할 수 있다면 지금 뽑아버리는 편이 좋지요."

"알겠어요. 당신의 의뢰를 받아들이기로 하죠."

"만약 이번 건이 제대로 성사되기만 한다면 지금 드린 돈의 두 배를 드리겠습니다."

"어머나, 그렇게 많이요? 천검진이라는 사람이 대단하긴 대단한 모양이죠?"

"유비무환입니다. 화근의 싹은 비싼 돈을 들여서라도 잘라내야지요."

"회장님께서 화가 많이 나신 모양이죠?"

"…저도 사람이니까요."

"그래요. 알겠어요. 더 이상은 말하지 않을게요."

딱딱하게 굳어버린 독고성문의 표정은 쉽게 풀어지지 않을 모양이다.

"아무튼 이번 일도 잘 부탁합니다."

"걱정하지 말아요. 우리가 찍어서 안 넘어간 나무가 있었나요?"

"그래서 안심하는 겁니다."

"그래요. 언제나 그런 믿음을 가지고 있어요. 그래야 일이 잘 풀리는 겁니다."

"말씀 고맙습니다."

이윽고 여자는 왔던 곳으로 다시 떠나가 버렸다.

"…우리 도장이 깨진 것을 이미 알고 있던 것인가?"

독고성문은 마치 독심술로 자신의 상황이 모두 탄로 난 것 같아서 찜찜하기 이를 데 없었다.

하지만 저들은 독고성문에게 둘도 없이 소중한 조력자들이다.

"이번에도 속 시원히 일을 해결해 주겠지."

그는 회심의 미소를 지었다.

*　　　*　　　*

늦은 밤, 태하와 태린의 집에 어두운 그림자가 드리워 온다.

스스스스스!

깊은 잠에 빠져 있던 태린의 앞에 멈춰 선 그림자가 그녀에게 마수를 뻗을 때쯤, 어둠 속을 뚫고 실버가 튀어나왔다.

크르르르릉!

서걱!

실버의 몸에 내재되어 있던 무공이 폭발하며 어두운 그림자의 손을 잘라 버렸다.

푸하아아악!

"끄아아아아악!"

"뭐, 뭐야?!"

화들짝 놀라 잠에서 깨어난 태린이 실버의 뒤로 숨었고, 녀석은 어두운 그림자를 향해 엄청난 살기를 드러냈다.

크르르르릉! 크아아아앙!

"…집안에 개새끼를 키우고 있었군."

"누, 누구세요?! 누군데 남의 집에 함부로 침입해요?!"

"쳇, 어쩔 수 없지."

실버의 내공은 현경에 이르기 때문에 어지간한 사람은 녀석의 털끝도 건드리기 힘들다.

털을 곧추세운 실버의 눈동자가 그의 목덜미에 머무르고 있을 때쯤, 어둠을 탄 그의 신영이 다시 유리창을 통하여 빠져나갔다.

스스스슷!

크르르릉!

"잘했어. 덕분에 살았네."

헥헥!

그녀는 실버의 입에 묻은 피를 닦아주었고, 녀석은 태린의 전화기를 앞발로 툭툭 쳤다.

아무래도 태하에게 전화를 하라는 것 같았다.

"그래, 전화를 해야지."

바로 그때, 전화를 걸려던 그녀의 전화로 오히려 전파가 수신되어 왔다.

따르르르릉!

[태희]

"태희? 이 시간에 어쩐 일이지?"

근방에 살고 있긴 하지만 이 시간이면 잠을 잘 시간이기 때문에 어지간하면 전화를 하지 않을 그녀이다.

태린은 전화를 받았다.

"태희? 이 시간에 어쩐 일이야?"

크헥, 크헥!

"태, 태희야?"

크하아아아악!

전화기에서 괴성이 들려오자 태린은 그녀에게 뭔가 심상치 않은 일이 벌어졌다고 생각했다.

그녀는 태하에게 전화를 하기 전에 자신의 주변에 상주하고 있는 우태에게 전화를 걸었다.

"우태 씨?!"

—네, 아가씨. 이 시간엔 어쩐 일이십니까?

"지금 태희네 집에 무슨 일이 생긴 것 같아요! 우리 집에 사람이 침입했었고, 실버가 그것을 막은 후에 전화가 걸려왔어요!"

—침입이요?!

"네, 방금 전에 도망쳤어요."

—알겠습니다! 지금 당장 감녕 아저씨와 친구들을 모아서 찾아가겠습니다!

"어서 와주세요!"

잠시 후, 맞은편 동에 살던 우태와 감녕이 동료들을 데리고 왔다.

쿵쿵쿵!

"아가씨, 우태입니다!"

"네, 들어오세요."

우태는 집에 들어서자마자 그녀의 안위부터 챙겼다.

"다친 곳은 없습니까?!"

"네, 없어요."

"…세상에 이런 일이 벌어지다니! 이 주변은 이미 우리 조직원들이 단단히 지키고 있을 터인데."

"아무래도 예삿일이 아닌 것 같군요. 일단 회장님께 보고를 드리는 편이 좋겠습니다."

"그래요. 늦은 밤이지만 어쩔 수 없지. 일단 아저씨가 그녀를 지켜줘요. 나는 태희 아가씨의 집에 다녀올게요."

"그렇게 하십시오."

"자네들은 이 집에서 아가씨를 지켜 드리면서 침입자에 대해서 알아봐 줘."

"알겠어. 걱정하지 말고 다녀와."

"그래, 알겠어."

우태는 동료들과 실버에게 이곳을 맡겨두고 근방에 있는 태희의 집으로 향했다.

*　　*　　*

달무리가 낀 밤, 우태는 암영보법을 밟아 태희의 집 창문으로 날아들었다.

파바바밧!

그는 암사의 내공으로 태희의 집 창문을 열었다.

드르르르륵, 끼릭!

태하의 가르침과 꾸준한 단련으로 이미 화경의 경지에 이른 우태는 일반적인 사람의 힘으로는 절대로 이길 수 없는 고수였다.

그는 암사의 절대감각으로 이 집에 있는 또 다른 누군가를 감지해 냈다.

'뭔가 있다. 어두운 기운이다. 사람의 것은 아니야.'

암영보법은 그림자 속에 녹아들어 시각적인 감각으로는 그를 찾아낼 수 없게 만들어준다.

주로 암살에 사용되던 보법이지만 우태는 이것을 자신만의 무공으로 만들어 개량했다.

빠르고 신속하게 어둠 속으로 녹아든 우태는 우선 태희의 방으로 들어가 보았다.

끼이이익.

열렸다 닫히기를 반복하고 있는 방문, 그는 천장 쪽으로 붙어 방을 내려다보기로 했다.

슈우우욱!

마치 자석에 철가루가 달라붙듯이 단숨에 천장에 달라붙은 우태는 아주 자세히 방을 살폈다.

하지만 잠시 후, 그는 놀랍도록 기이한 광경과 마주했다.

끼기기기기긱, 끼기기기기긱!

온몸에 피를 칠갑한 태희가 붙박이장을 손톱으로 긁으며 기이한 형태로 몸을 비틀어대고 있는 것이다.

뚜둑, 뚜두두둑!

"끄이에에에에."

"…흑흑!"

아마 저 붙박이장에는 태희의 동생 태주가 들어 있을 것으로 추정되었다.

우태는 아무래 생각해 봐도 사람의 형태가 아닌 태희를 제압하고 태주부터 구출해야겠다고 생각했다.

그는 그녀에게 전음을 보냈다.

—아가씨, 우태입니다. 지금부터 제 말을 잘 들으세요. 제가 이제 곧 언니를 기절시키고 아가씨를 구출할 겁니다. 그러니 내가 다시 전음을 보낼 때까지 절대로 문밖으로 나오시면 안 됩니다. 알겠으면 문을 살짝 흔들어보세요.

철컹, 철컹!

아직까지 정신을 놓지 않은 것은 천만다행이라고 할 수 있었다.

우태는 발에 암사의 진기로 무형의 실을 만들어 매달았다.

스르르르륵!

그는 실에 의존하여 천장에서 바닥으로 살며시 내려가 손끝에 진기를 모았다.

'천독수!'

피융!

손끝에 모인 천독수의 내공이 독침의 형태로 변하여 태희의 목덜미로 날아가 적중했다.

퍼억!

"끄에에엑?!"

"잠들어 계십시오!"

천독수는 맞는 순간부터 죽음과 기절, 이 두 가지의 갈림길에 서게 되는 무공이다. 만약 지금 우태가 독수에 맹독을 부여하게 되면 상대방은 죽을 것이고 약간의 내력만 발휘한다면 기절로 끝이 난다.

"흐어어어……."

"기절했군."

우태는 그녀를 침대에 잘 눕혀놓고 태주가 갇혀 있을 붙박이장을 열었다.

끼이이이익!

그러자 그 안에 공포에 질려 몸을 사시나무 떨 듯이 떨고 있는 태주가 들어 있다.

"으으으으……."

"아가씨, 괜찮으세요?"

"우, 우태 씨!"

그녀는 우태를 보자마자 안도의 한숨을 내쉬며 그의 품으로 파고들었다.

우태는 그녀의 등을 쓸어내리며 태주를 안심시켰다.

"괜찮아요. 이젠 안전합니다."

"…무서워 죽는 줄 알았어요!"

"그나저나 이게 도대체 어떻게 된 겁니까? 언니가 갑자기 왜 저래요?"

"우태 씨가 오기 얼마 전에 한 남자가 창문으로 침입해서 언니에게 요상한 주문을 외우면서 술법을 부렸어요. 그러더니 관절을 이상하게 꺾으면서 나를 막 물어뜯으려고 했어요."

"그럼 저 피는 다 뭡니까?"

"관절이 꺾이면서 언니 스스로 피를 토했어요. 그래서 주변이 다 피로 물들어 버린 것이고요."

"이것 참……."

이윽고 우태는 쓰러져 있는 태주의 손목을 잡고 진맥을 해보았다.

"…이상한데? 맥이 잡히지 않아요."

"……."

바로 그때, 우태는 자신의 뒤로 느껴지는 일말의 살기에 고개를 돌렸다.

"아가씨?"

"……."

그녀는 무표정한 얼굴로 식칼을 들고 있는데 그 식칼이 우태의 목덜미를 향하고 있었다.

그는 재빨리 자리에서 일어서며 식칼을 내력으로 튕겨냈다.

까앙!

"으윽……."

"아, 아가씨! 왜 이러시는 겁니까?"

"…죽어!"

마치 딴 사람처럼 구는 그녀를 마주한 우태는 너무 당혹스러워서 그 어떤 말도 할 수가 없었다.

그녀는 칼을 빼앗기자 손톱과 이빨로 우태를 공격하기 시작했다.

촤락!

"아, 아가씨! 정신 차리세요!"

"죽어! 죽으란 말이야!"

바로 그때, 창문에서 한 인영이 날아들어 그녀의 목덜미를 점혈했다.

툭툭!

"……."

"누, 누구……?!"

"자네가 내 사제의 제자인가? 암사라고 들었는데?"

"호, 혹시 카퍼데일 회장님?"

"그렇다네. 내가 바로 카퍼데일일세."

그는 곧바로 포권을 취했다.

척!

"대사백님을 뵙습니다!"

"이런 어지러운 상황에 우리끼리 격식을 차리지는 말자고."

잠시 후, 20명이 넘는 고수들이 창문을 통하여 들어섰다.

파바바밧!

"방주님, 놓쳤습니다!"

"면목 없습니다!"

"아닐세. 그놈들은 애초에 우리가 어떻게 할 수 있는 것들이 아니야. 일단 사제가 돌아올 때까지 이 두 처자를 치료해 보는 데 전력을 다하자고."

"예, 알겠습니다."

카퍼데일은 우태에게 동행할 것을 제안했다.

"사제의 동생이 이곳에 있다고 들었네. 우리는 그녀를 명화관으로 옮길 생각이네. 사제가 오면 곧바로 북해빙궁으로 갈 것이니 함께 차비하세나."

"예, 대사백님!"

그는 카퍼데일의 뒤를 따르기로 했다.

*　　　*　　　*

일본 시부야의 한 지하실.

촤락!

"쿨럭쿨럭!"

양동이에 물을 한 가득 담아 나츠의 얼굴에 퍼부어 버린 태하는 정신을 차린 그의 얼굴을 손바닥으로 툭툭 쳤다.

착착!

"정신 차려야지. 시간이 몇 시인데 아직도 처자고 있어?"

"…내게 왜 이러는 거요? 내가 도대체 뭘 잘못했다고?"

"잘못은 안 했어. 개인적인 원한이 있으면 여태껏 살려뒀겠어? 진즉 죽이고도 남았지."

"……."

태하는 그에게 마제스티 제약의 알약을 건넸다.

"이 물건에 대해 알고 있나?"

"당신도 먹어봤을 것 아니오?"

"그래, 맛은 봤지."

"그런데 뭘 물어보쇼? 알 것 다 아시는 양반이 말이야."

"아니, 이 물건이 뭐 하는 물건이냐고 물은 것이 아니다. 네가 어떻게 이 약을 얻어다 팔아먹는지가 궁금한 것이지."

그는 고개를 가로저었다.

"그건 말할 수가 없어."

"……?"

"차라리 죽으면 죽었지 그들에 대해 떠벌리고 다녔다간 내 가족이 무사하지 못할 거요."

"그게 무슨 소리인가?"

나츠는 극도로 말을 아끼는 모습이다.

"…아무튼 죽이려면 곱게 죽여주쇼. 길거리 인생, 어차피 오래 살 것이라곤 생각하지도 않았으니."

"거참, 성격 급한 녀석이군. 내가 지금 너를 죽여서 뭘 얻겠다고 죽이겠어?"

"그럼 왜 잡아온 거요?"

"네게 제안을 하나 하지."

"제안?"

"지금처럼 평생 약이나 팔다 죽고 싶지 않으면 내 말을 잘 듣는 것이 좋아. 나는 그만한 능력이 충분히 있는 사람이거든."

"…뭔 소리요?"

"돈을 벌고 싶나?"

"당연한 소리 아니요? 돈이 싫었으면 뭐 하려 이 뒷골목에서 약이나 팔고 자빠졌겠소?"

태하는 그에게 자신의 앞으로 된 시부야의 15층 건물 토지대장을 보여주었다.

토지 소유주:김태하

"나는 대한그룹의 회장 김태하다. 네가 원한다면 이런 건물쯤은 얼마든지 줄 수 있어. 원한다면 원하는 곳에 건물을 세워줄 수도 있고."

"…김태하!"

"믿지 못하겠다면 인터넷 검색을 이용해도 좋고 대한그룹 본사를 찾아가 봐도 좋다."

"아, 아니, 어디서 많이 보았다 했어."

"외신을 한 번이라도 봤다면 내 이름쯤은 알고 있겠지."

나츠는 상당히 혼란스러워하는 눈치다.

"제기랄, 갑자기 나에게 왜 이러는 거요?"

"제안이라고 하지 않았나? 이 약에 관련된 모든 것을 털어놓고 나에게 끝까지 협조하겠다고 약속하면 3대가 먹고 놀 만큼 충분히 돈을 주겠다."

"……."

"먹고사는 데 지장이 없도록 해주겠다는 말인데, 싫은가?"

"아, 아니, 그것이 아니라……."

이 세상에 그 어떤 사람도 재벌이 3대를 먹여 살려준다는데 그 제안을 마다할 수 없을 것이다. 돈으로 악바리가 될 때까지 그를 매질할 수도 있는 태하이지만 그는 그렇게 하지 않았다. 약쟁이건 건달이건 자신의 편으로 만드는 편이 훨씬 더 좋은 수단이 될 수 있다는 것을 잘 알고 있는 것이다.

나츠는 도저히 거부할 수 없는 제안을 앞에 두고 고뇌에 빠져들었다.

"…당신을 믿지 못하는 것은 아니지만 나에겐 한 가지 문제가 있어.”

“문제?”

“마제스티 제약, 아니지, 대모가 나를 가만두지 않을 것이다. 내 동생들과 할머니까지 말이야.”

“대모?”

“이름은 모르고 그냥 사람들이 대모라고 부르는 것만 들었다. 어떤 집단의 수장인 것 같아.”

“특별한 점은 없었고?”

“……”

더 이상 말을 할 수 없다는 것을 잘 아는 태하는 그에게 한 가지 제안을 더 했다.

“좋아, 그렇다면 내가 너희 가족들을 안전 가옥에서 지켜주도록 하지. 참고로 내 안전 가옥은 인간의 탈을 쓰곤 절대로 들어갈 수 없는 곳이다.”

“안전 가옥?”

태하는 한빙검을 소환하여 자신의 앞에 서 있는 승합차를 일도양단해 버렸다.

서걱!

“허, 허억!”

“내 안전 가옥에 있는 보디가드들은 이런 칼부림쯤은 새끼손가락으로도 할 수 있어. 위치를 찾는 것도 힘들지만 찾는다고 해도 뚫고 들어올 수가 없을 것이다."

"으음……."

"생각할 시간이 없어. 아마 네가 사라졌다는 것만으로도 이미 대모인지 데모인지가 분노하고 있을 거다."

나츠는 하는 수 없이 노선을 변경하기로 했다.

"…좋아, 그럼 일단 내 가족들을 먼저 피신시키도록 해줘."

"알겠다."

태하는 전화를 들어 에밀리아에게 전화했다.

"에밀리아, 내가 불러주는 주소로 헬기를 보내줘."

—네, 알겠습니다.

나츠에게서 전해 받은 주소로 헬리콥터를 보낸 태하는 그의 속박을 풀어주며 말했다.

"자, 이제 되었지?"

"…잘하는 짓인지 모르겠군."

"원래 모든 일은 너무 깊게 생각하면 안 되는 법이다."

태하는 그에게 몇몇 사실을 알려주고 그에 대한 단서를 찾으려 했다.

"마제스티 제약에서 개발한 이 약을 복용한 사람들이 지금 이상 증세를 보이고 있다. 혹시 이에 대해 아는 사실이 있나?"

"이 약이 일본 말고도 다른 지역에서도 풀렸던가?"

"그렇다."

"…지독한 놈들, 이 약은 먹는 즉시 정신착란을 일으켜. 심지어는 사람을 물어뜯어 죽이기도 하더군."

"네가 조직에서 맡은 일은 약을 배포시키는 일뿐인가?"

"그렇수다. 더 이상 자세한 내용은 잘 모르겠지만 이 약이 사람의 형질을 변형시킨다는 말이 있어. 그들은 그것을 '감염'이라고 부르더군."

"감염?"

"독특한 것은 이 약을 먹은 사람들이 변하는 것은 물론이고, 그 약을 먹은 사람들이 약기운을 옮기는 것 같기도 해."

"어떤 식으로?"

"그것까진……."

바로 그때, 지하실의 문이 열리며 올란드가 뛰어들어 왔다.

쾅!

"태하, 지금 가야 한다! 천하마술단이 몰려오고 있어!"

"뭐, 뭐라?!"

"잠깐, 그놈의 몸에 뭔가 금제가 걸려 있는 것 아니야?!"

지하실로 뛰어들어 온 올란드는 마력을 이용하여 나츠의 몸을 스캔했다.

지이이이잉!

그리고 잠시 후, 그는 나츠의 팔뚝에서 작은 마이크로 칩을 발견해 냈다.

좌락!

"크윽!"

"빌어먹을, 이런 칩을 달고 다니니 추격을 당하지!"

"이젠 어쩌지?"

"어쩌긴, 도망쳐야지!"

지하실 문을 열고 나서려던 태하는 자신을 향해 몰려드는 엄청난 숫자의 마력의 구슬들과 마주했다.

고오오오오오!

"제기랄!"

스릉!

검을 뽑아 든 태하는 파천수라섬을 사방으로 흩뿌려 마력의 구슬들을 일격에 무력화시켰다.

챙!

콰앙!

이윽고 태하는 두 사람을 데리고 지하 수로로 향했다.

"하수도로 가자!"

"하, 하수도로?!"

"그럼 어쩔 건가? 이대로 죽을 수는 없는 것 아닌가?!"

"빌어먹을! 골치 아프게 생겼군!"

태하는 자신의 발아래에 있는 맨홀을 제거해 버렸다.

서걱!

"가자!"

"자, 잠깐만! 왜 하필이면……?!"

"시끄럽다! 지금 그런 것을 따질 때냐?!"

나츠의 멱살을 틀어쥔 올란드는 그를 지하 수로 아래로 집어 던져 버렸다.

"그냥 가라면 좀 가라!"

퍼억!

"으아아아아악!"

그 뒤를 바짝 따라 내려간 올란드와 태하는 공중을 부유하는 도중에도 입구를 봉쇄하기 위해 일격을 날렸다.

콰앙!

쿠르르르르륵!

"한 15초는 벌 수 있겠군."

"이제 우리는 어디로 가지?!"

"하수도를 따라서 도쿄 외곽까지 가자! 그곳에 비행기가 있어!"

"알겠다!"

하수도를 따라서 도망치려는 태하의 앞에 믿을 수 없는 일이 벌어졌다.

끄그그그극, 콰앙!

"뭐, 뭐야?!"

"…어딜 도망가려느냐?!"

"가란델?!"

"가, 가란델이 누구야?!"

"…마법사 사냥꾼이다. 저놈은 천하마술단에서 도망간 마법사들을 뒤쫓아 사냥하는 무지막지한 놈이다!"

키가 3미터가 훨씬 넘는데다 덩치가 일반인의 10배는 될 법한 가란델의 위용은 그야말로 입이 떡 벌어지게 만들 정도였다.

태하는 그의 앞으로 쇄도해 들어갔다.

"가란델이건 모델이건 일단 베고 보자!"

"조심해!"

천일격을 갈무리한 채 달려가던 태하는 가란델의 팔이 길이 4미터의 대검으로 변하는 것을 보았다.

쿠그그그극!

"이런 애송이가!"

콰앙!

"크허어억!"

마치 배트에 맞은 야구공처럼 멀찌감치 튕겨나간 태하는 재빨리 초상비를 밟아 중심을 잡았다.

파밧!

태하는 가까스로 일어서긴 했지만 그가 휘두른 검에 맞은 부위가 욱신거리는 것을 느꼈다.

'…믿을 수 없군. 저놈, 마력을 무공처럼 사용하는 것이 틀림없다. 그것도 최소한 현경의 경지는 가볍게 뛰어넘겠군.'

그제야 태하는 올란드가 어째서 가란델을 무서워하는지 알 것 같았다.

"빌어먹을, 도대체 어디서 저런 괴물이 나타난 거야?"

"…저놈은 사람이 개개인마다 가지고 있는 특유의 냄새로 추격한다. 후각이 최소한 개의 150배는 발달되어 있을 거야."

"뭐 저런……?"

"아무튼 저놈과 전면전은 힘들어. 일단 이곳을 벗어나고 보자고."

"하지만 어떻게?"

가만히 생각에 잠겨 있던 태하는 이럴 때 사용하면 좋을 진법을 생각해 냈다.

"내게 좋은 방법이 있어."

"그게 뭔데?"

"나에게 10초만 줘. 알아서 놈을 따돌려 줄 테니까."

"10초라……. 말이 쉽지."

"할 수 없겠나?"

"…일단 부딪쳐 보는 수밖에."

올란드는 오래된 지팡이를 꺼내 들었다.

우우우우웅!

"블랙 에로우!"

핑핑핑핑!

그의 주문이 끝나자마자 검은색 화살이 가란델을 향해 날아갔다.

슝슝슝!

하지만 그는 검은색 화살을 신경도 쓰지 않은 채 쇄도해 들어왔다.

"죽을 각오는 되어 있겠지?! 오늘은 마술단의 고기로 배를 채우겠군!"

"징그러운 식인종 자식!"

가란델은 가공할 만한 위력으로 올란드의 몸통을 후려쳤다.

퍼엉!

"쿨럭!"

각혈을 하며 날려간 올란드가 마력을 사용하여 제자리를 잡았다.

"플라이!"

휘이이이잉!

가까스로 일어서긴 했지만 신체에 적지 않은 타격을 입은 것이 분명한 올란드였다.

"이, 이봐! 이러다 내가 죽겠어!"

"겨우 일수를 받아놓고 죽음 운운하면 어쩌자는 거야?"

"…지금 그게 할 소리냐?!"

"아아, 미안. 집중하느라고 말이야."

가란델의 한 방이 얼마나 무서운지 잘 알고 있는 태하였기에 진법을 설치하는 손이 빨라질 수밖에 없었다.

'나한천수!'

기의 흐름을 배치하는 손에 나한천수가 걸려 빠르게 배열되어 나갔지만 또다시 이어지는 일격은 어쩔 수 없을 것 같았다.

"제기랄, 5초만 더!"

"…이런 씨발!"

가란델은 올란드의 머리로 주먹을 뻗었다.

슈우우우욱, 퍼억!

뚜두두둑!

"크으윽!"

가란델의 주먹을 손으로 막아낸 올란드는 그 즉시 전완에 있는 뼈 네 개에 골절을 입고 말았다.

"주, 죽을 수도 있겠는데?"

"다, 다 됐다!"

태하는 거의 다 죽어가는 올란드를 구출하기 위해 장법을 뻗었다.

"마권장!"

우우웅, 콰앙!

"…흠!"

"쿨럭쿨럭!"

"괜찮나?!"

가란델이 극성으로 전개한 마권장을 맞는 바람에 그 피해가 올란드에게까지 미친 모양이다. 올란드는 피를 한 차례 더 뿜어내긴 했지만 생명에는 지장이 없는 것 같았다.

"다 됐으면 어서 가자. 저런 괴물과 싸워봐야 우리만 손해야."

"알겠다. 어이, 나츠!"

"아, 알겠어!"

태하는 올란드를 등에 업고 나츠의 손을 잡았다.

"손을 놓치면 죽는다. 명심해."

"꿀꺽!"

대답 대신 마른침을 삼킨 나츠. 태하는 지금까지 한 번도 전개한 적이 없는 천수나한보를 밟기 시작했다.

'죽기밖에 더 하겠어?!'

보법의 극오의, 태하의 사부 천하랑도 일 할밖에 전개하지 못한 천수나한보에 한 수를 걸어보는 태하이다.

우우우웅, 파바바바밧!

진기의 흐름이 일반적인 보법과 다르고 전개하는 데 워낙 복잡한 방식이 적용되기 때문에 현경의 경지에 올랐다고 해도 공격과 보법을 동시에 밟을 수 없는 것이 바로 천수나한보였다.

하지만 지금 태하는 오로지 도망가는 데 전력을 다해야 할 때, 그는 오로지 살아남는 것에 전부를 걸었다.

"가자!"

쐐에에에에엥!

마치 총알이 앞으로 튀어나가는 것처럼 재빠르게 전방으로 쇄도해 나가던 태하의 뒤로 가란델이 따라붙었다.

"이놈, 죽인다!"

놀랍게도 그는 물 위를 미끄러지듯이 달려와 태하의 꽁지까지 따라붙었다.

"…초상비?!"

외공에 경공까지 사용한다는 것은 그가 어수룩하게 마구잡이 무공을 배운 것이 아니라는 말이다.

하지만 그런 그에게 잡힐 정도로 호락호락한 태하가 아니었다.

"떨어져라, 이 뚱땡아!"

태하의 손에서 일장이 뻗어 나가 맹벽진의 진석을 자극했다.

빠지지직!

콰과과과광!

"…으허억!"

"성공이다!"

맹벽진은 허공에 진기의 벽을 만드는 술법인데, 그 단단함이 가히 만년한철에 비견될 정도로 견고했다.

아무리 무공이 높은 사람이라고 해도 벽을 맨몸으로 뚫고 가는 것은 불가능하다.

다만 벽이 유지되는 시간이 너무 짧고 벽 말고는 다른 용도로 사용하기가 어려워서 잘 사용하지 않는 진법이다.

그러나 지금과 같은 경우엔 아주 적절하게 사용되었다고 볼 수 있었다.

"노, 놈이 기절한 것 같은데?!"

"짜식, 머리를 써야지!"

태하는 두 사람을 데리고 계속하여 지하 수로를 달려나갔다.

*　　　*　　　*

늦은 밤, 63빌딩 전망대 위에 한 남자가 서 있다.

휘이이이잉!

검은색 바바리코트에 후드를 뒤집어쓴 그에게 매혹적인 여성이 바람을 타고 날아들었다.

파밧!

"여기에 계셨군요."

"처리하기로 한 일은?"

"잘 처리되었습니다. 다소 방해 공작이 있긴 했습니다만, 놈들은 아직 우리의 계획에 대해선 잘 모르는 것 같습니다."

"…그래, 좋아. 수고 많았다."

"별말씀을요."

남자는 희열에 가득 찬 표정을 지었다.

"우리는 이 순간을 위해 2천 년을 기다렸다. 언젠가 이 세상이 우리의 발아래에 엎드려 절하는 날이 올 줄 알고 있었다."

"당신의 인내심과 끈기, 그리고 우리의 피로서 지금의 정복전쟁의 전초가 시작된 것이지요."

그는 그녀의 매혹적인 얼굴을 손으로 살며시 쓸어 내렸다.

"…때가 왔다."

"알겠습니다. 이 세상을 당신께 바치겠습니다."

"나는 이 세상의 신이, 너는 이 세상을 다스리는 여왕이 될 것이다."

두 남녀의 입술이 서로 뒤섞이며 일그러진 사랑이 불타기 시작했다.

외전. 과속 스캔들

늦은 밤, 태하가 지친 몸을 이끌고 귀가를 서두르고 있다.

부아아아앙!

"흐아아암! 졸려서 목젖이 다 튀어나오려 하네."

쉴 새 없는 스케줄에 쫓겨 바쁘게 살아가는 것이 썩 나쁜 것만은 아니지만 일과가 끝나면 이따금 지쳐서 손가락 하나 움직이기 싫을 때가 있다.

태하는 집 앞에 있는 초밥집에 차를 세웠다.

딸랑!

"어서 오세요."

"아직 영업합니까?"

"네, 그럼요. 어떤 것으로 드릴까요?"

"초밥 스페셜 세트 두 개 주시면 될 것 같군요."

"네, 알겠습니다. 서비스로 나가는 우동은 차갑게 드릴까요, 아님 뜨겁게 드릴까요?"

"차갑게 주십시오."

"네, 알겠습니다."

이곳 초밥 맛이 꽤 정갈하고 깔끔해서 이따금 저녁 식사 대용으로 찾곤 하는 태하 남매다.

그는 태린에게 전화를 걸었다.

"태린아, 오빠다."

—응, 어디야?

"집에 거의 다 왔어."

—버, 벌써?

"벌써라니? 혹시 밥을 다 먹은 거야?"

—아니, 그게 아니고…….

태하는 전화기 너머로 들리는 아주 얕은 음악 소리에 귀를 기울였다.

쿵쿵쿵~ 짝짝짝~

그는 어째서 동생이 난감한 목소리를 냈는지 알 것 같았다.

"…밖이구나?"

—으, 응, 미안해. 밥은 오빠 혼자 먹어야겠다.

"그래, 알았다."

이윽고 전화를 끊은 태하는 깊은 한숨을 내쉬었다.

"휴우, 늦바람이 무섭다더니 정말인 모양이군."

요즘 하루가 멀다 하고 클럽이며 술집을 오가며 태린은 꽤 늦은 시간까지 밖에서 밤을 즐기다 오기 일쑤였다.

덕분에 매번 저녁 식사를 혼자 하게 되는 태하에겐 은근히 서운한 일이 아닐 수 없었다.

하지만 그녀 역시 이제는 성인이고 자신만의 사생활이 있으니 태하가 뭐라고 할 수 있는 권한은 없었다.

잠시 후, 거대한 포장 접시 위에 초밥이 정갈하게 포장되어 나왔다.

"포장 나왔습니다."

"고맙습니다."

초밥을 챙긴 태하는 주인장에게 현금으로 밥값을 지불한 후 집으로 향했다.

주차장에 차를 세우고 집으로 올라가는 길, 태하는 편의점에서 맥주를 몇 캔 샀다.

삐빅, 삐빅.

"만 원이요."

"네, 여기요."

요즘 태하는 세계 맥주 할인에 푹 빠져 매일 밤마다 네 캔에 만 원하는 세일 행사에 참여하고 있었다.

편의점 점원은 매번 맥주를 사가는 태하에게 맴버십 가입을 권유했다.

"열 번 참여하시면 행사 맥주 한 캔이 서비스입니다. 적립금은 1%고요. 가입하시겠어요?"

"절차가 복잡합니까?"

"아니요. 그냥 이름과 전화번호 정도만 있으면 됩니다."

"그래요. 가입해서 나쁠 것은 없죠."

편의점 맴버십에 가입하려 팬을 든 태하의 곁으로 한 소녀가 다가왔다.

"아저씨, 비켜요."

"……?"

이제 중학생쯤 되었을 법한 소녀는 자신의 앞을 막은 태하를 억지로 밀어내며 계산대에 도시락을 올려놓았다.

상당히 무례하긴 하지만 안대를 하고 있는 소녀였기 때문에 그러려니 하고 넘어갔다.

'몸이 좋지 않은 모양이군.'

옆으로 살짝 비켜선 태하는 전화번호와 이름을 적어 점원에게 내밀었다.

"여기 놓겠습니다. 계산 끝나고 카드를 발급해 주세요."

"네, 감사합니다."

소녀가 태하를 곁눈질로 째려보았다.

찌릿!

"…왜?"

"아저씨, 아까부터 왜 자꾸만 내 차례에 끼어드는 건데요? 아저씨 혹시 깡패예요?"

"내가 깡패로 보이니?"

"하는 행동이 그렇잖아요."

"……."

도대체 요즘 아이들의 가정교육은 어떻게 된 것인지, 부아가 치밀어 오르는 태하였다.

하지만 기업의 이미지를 생각하면 차마 화를 낼 수가 없었다.

그는 억지로 미소를 지었다.

"…하하, 미안하구나. 이 아저씨가 식전이라 당이 좀 떨어졌나 봐."

"쯧, 그 나이에 당뇨도 있어요?"

"아니… 보편적으로 당이 떨어지면 정신이 없어지는 경향이 있잖아."

"나는 안 그런데요?"

"그, 그래……."

말 한마디 한마디에 반항기 가득한 그녀가 마음에 들지 않는 태하였지만 남의 집 딸내미 인성에 왈가왈부할 정도로 오지랖이 넓은 사람은 아니었다.

때마침 점원이 완성된 카드를 태하에게 내밀었다.

"여기 있습니다."

"네, 고맙습니다. 수고하세요."

"안녕히 가세요!"

할 일만 마치고 돌아서려던 태하에게 소녀가 불현듯 말했다.

"저기, 아저씨!"

"…나에게 무슨 볼일이 또 남았어?"

"괜찮으면 그 초밥 나에게 좀 팔아요."

"……?"

"양도 많은데 몇 개만 팔아요. 초밥이 먹고 싶어서 그래요."

"그렇다면 저기 아직 문이 열린 초밥집이 있는데 그곳으로 가보지그래?"

소녀는 인상을 확 찌푸렸다.

"…성격 파탄자 같으니!"

"뭐, 뭐라고?"

"흥! 저주나 받아라!"

"저, 저, 저……!"

당장 달려가 머리통을 후려갈기고 싶은 태하였지만 간신히 화를 꾹 눌러 참았다.

"중학생은 이상한 병 같은 것에 걸린다고 하더니 정신병였나 보군."

태하는 고개를 절레절레 흔들며 집으로 올라갔다.

*　　　*　　　*

다음 날 새벽, 태하의 집에 뜬금없이 벨이 울렸다.

딩동!

"…젠장, 이 시간에 누구야?"

부스스 잠에서 깨어난 태하는 태린의 방문을 열어보았다.

"쿠울……."

"얘는 집에 들어왔는데 누가 찾아온 거야?"

귀찮은 마음에 인터폰을 확인하지 않으려다 억지로 수화기를 들었다.

딸깍.

"누구세요?"

―아저씨, 저예요.

"저? 저라니?"

―…아까 본 그 슈퍼 초미녀.

"……."

툭.

수화기를 내려놓은 태하는 그대로 돌아서 방으로 들어가 버렸다.

"야밤에 웬 미친 여자가 찾아왔어?"

또다시 깊은 밤에 빠져든 태하, 그는 앞으로 벌어질 일에 대해선 전혀 상상조차 하지 못하고 있었다.

다음 날 아침, 태하의 집에 요란한 초인종 소리가 들린다.

딩동, 딩동, 딩동!

"…어제부터 집이 조용할 틈이 없군."

기상 시간 30분을 남기고 울린 초인종 소리가 달갑다면 직장을 다니는 사람이 아닐 것이다.

태하는 다소 짜증이 난 얼굴로 수화기를 들었다.

"…누구십니까?"

—이봐, 김 회장님!

"경비 아저씨?"

—딸내미가 찾아왔는데 어떻게 내다보지도 않아?

"누, 누구요?"

—딸! 당신 딸 말이오!

화가 단단히 난 표정의 경비 옆에는 어제 그 소녀가 서 있었다.

"저, 저……?!"

—김 회장, 어서 나와 봐요! 어떻게 사람의 탈을 쓰고 그럴 수가 있어?!

태하는 이를 악물었다.

"저 빌어먹을 꼬맹이가 진짜 사람을 미치게 만드는군!"

지금까지 살면서 책임질 짓은 애초에 하지 않은 태하에게 딸이라니, 그것도 중학생 딸이라니 있을 수가 없는 일이었다.

트레이닝복에 야구모자를 눌러쓴 태하는 씩씩거리는 발걸음으로 경비실로 향했다.

쾅!

"…저 왔습니다!"

"어이, 김 회장, 자네 그렇게 안 봤는데 너무하는군. 아버지는 그렇게 청렴하고 훌륭했는데 말이야."

"……."

하다하다 이제는 아버지 얘기까지 나오는 것을 보면 저 소녀가 무슨 소리를 지껄였는지 안 봐도 눈에 훤했다.

"너 정말 경찰서에 가봐야 정신을 차리지?! 응?!"

"경찰서에 가봐야 아저씨만 손해일 걸요?"

"뭐, 뭐?"

"요즘 세상에 스캔들이 얼마나 무서운데 그런 소리를 해요?"

"……."

태하는 이 소녀가 작정하고 자신을 찾아왔다는 것을 느낄 수 있었다.

'제대로 작정하고 찾아왔군. 하지만 상대를 잘못 골라도 한참 잘못 골랐어.'

법조계에서 활동한 경력이 있는 태하에게 중학생 소녀의 협박은 그저 가소로운 소꿉장난에 불과했다.

"너, 이 모든 것을 법정까지 가지고 가면 과연 감당할 수 있겠어? 이 아저씨는 법정에선 절대로 사람 봐주는 일이 없어."

"아아, 변호사 자격증이 있다고 했던가요? 하긴, 그렇게 철두철미한 사람이니 실수를 인정하고 싶지 않겠죠."

"열 마디 말보다 행동이 우선이지. 그래, 좋다. 경찰서로……."

바로 그때, 소녀가 태하에게 사진을 한 장 건넸다.

사진 속에는 대학을 다니던 태하와 아주 앳된 미소의 여자가 아주 친근한 모습으로 앉아 있다.

순간, 태하는 등골이 오싹해져 오는 것을 느꼈다.

'설마……?'

대학을 다니던 시절, 일본지사에 잠시 파견근무를 한 적이 있는 태하는 근처 대학생들과도 교류가 많았다.

파견근무지가 대학가 안에 있었기 때문인데, 그는 이곳에서 대학생 아이디어 공모전 선발 보조로 일했다.

존재감은 그렇게 많지 않았지만 자연스럽게 근처 학생들과 친해져 꽤 가깝게 지냈었다.

그중에서도 아야카는 태하의 기억 속에 가장 또렷하게 남아 있는 사람이다.

아야카는 태하를 처음 본 순간부터 스스로 연인임을 자처하던 학생이었는데, 외모와 몸매도 꽤 준수한 편이라서 장난스럽게 가상 연인을 연기해 주었다.

그런 그녀와 태하가 육체적인 관계를 맺은 일이 딱 한 번 있었는데, 그날은 태하가 술에 무척이나 취한 날이었다.

"엄마가 말했지요. 남자는 다 똑같은 동물이라고."

"……."

"아마 당신은 기억도 나지 않겠지만 여자 입장에선 아주 똑똑히 기억나겠죠?"

사실 태하가 이 일을 왜 껄끄럽게 생각하느냐면 육체관계는 맺었지만 중간과 끝이 잘 기억나지 않기 때문이다.

서로 불타올라 옷을 벗기고 뒹굴렀던 것은 분명하지만 마지막에 뒤처리를 어떻게 했는지가 의문이었다.

무릇 결혼 생각이 없는 상태에서의 성관계라 함은 사후에 일어날 일에 대비하여 수정이 될 일은 아예 저지르지 않는 것이 마땅한 일이다.

하지만 술이 너무 과한 태하인지라 자신의 씨앗을 어떻게 처리했는지 도무지 기억이 나지 않았던 것이다.

'큰일이다. 이걸 도대체…….'

만약 지금 당장 유전자검사를 하자고 큰소리치면 간단하게 끝날 일이지만 만약 이 아이가 친딸이라면 평생 동안 커다란 짐을 안게 될 태하였다.

그는 일단 일을 수습하는 것이 먼저라고 생각했다.

"…아야카의 딸이니?"

"하루나라고 해요."

"그, 그래, 하루나. 일단 우리 집으로 가자꾸나. 가서 얘기를 해보자고."

"직장에 가봐야 하지 않아요? 꽤 중요한 위치에 있는 것 같던데."

"괜찮아. 조금 늦어도 뭐라고 할 사람 없으니까."

"그렇게 책임감이 없으니 나를 낳아놓고도 쳐다보지 않았지."

경비는 하루나의 말에 상당히 크게 동요하는 모습이다.

"자네, 정말 그렇게 살 건가?! 아버지 보기에 부끄럽지도 않아?!"

"…뭔가 오해가 있을 겁니다. 그래, 알았다. 일단 회사부터 가도록 하지. 넌 그럼……."

"당연히 아저씨를 따라가야죠. 아니, 아빠라고 불러야 하나?"

"……."

태하는 골머리가 아파오는 것을 느꼈다.

'삼재인가? 푸닥거리라도 해야겠어.'

그는 트레이닝복 차림으로 회사로 향했다.

*　　　*　　　*

안내데스크 앞, 태하는 직원들의 인사를 받았다.

"회장님 나오셨습니까?!"

"그래요. 다들 좋은 아침입니다."

"운동 다녀오시는 길인 모양입니다. 트레이닝복을……."

"…사정이 좀 있었어요. 비서실 연락 되죠?"

"예, 회장님."

"내 방에 슈트 한 벌 가져다 놓으라고 얘기해 주세요."

"예, 알겠습니다."

이윽고 재빨리 엘리베이터에 올라탄 태하를 따라서 하루나가 달려왔다.

삐이이이익!

"어이, 학생! 거기 막 들어가면 안 돼!"

"막 들어가요? 난……."

태하는 화들짝 놀라며 하루나를 데리고 왔다.

"아하하! 내 정신 좀 봐! 일행이 있었다는 것을 깜빡했군!"

"…깜빡한 것이 아니라 떼놓고 가고 싶은 것 아니고요?"

"하하, 그럴 리가……."

하루나가 또 무슨 소리를 떠벌리기 전에 우선 집무실로 가는 것이 급선무일 것이다.

"자, 가자꾸나!"

"그래요. 아……."

드르르륵!

그녀가 끝까지 말하기 전에 재빨리 문을 닫아버린 태하는 어색하게 웃었다.

"아하하, 문이 참 빨리 닫히지?"

"이런다고 내 유전자가 달라지지는 않아요."

"……."

잠시 후, 집무실에 도착해 보니 깔끔한 슈트와 구두, 넥타이 등이 준비되어 있다.

태하는 그녀에게 잠시 돌아 있을 것을 명했다.

"고개 좀 돌려줄래? 윗도리는 괜찮은데 아랫도리는 좀 민망하구나."

"뭐, 그러죠."

이윽고 옷을 벗는 태하, 그와 동시에 라일라가 집무실로 들어섰다.

"회장님, 오늘 아침……."

"으음……?"

"…아침부터 이게 뭐 하는 짓입니까?"

"뭐가?"

순간 태하는 자신이 지금 어떤 상황인지 깨달았다.

"아, 아니, 난 그런 것이 아니고……."

"아하, 그런 취향이셨군요. 교복……."

"아, 아니야! 내가 성범죄자로 보여?! 난 조카도 있는 사람이라고!"

"조카가 있어도 성적 취향은 안 변하는 모양이지요."

"……."

잠자코 상황을 지켜보던 하루나가 입을 열었다.

"우리 아빠예요. 당신처럼 불순한 생각을 가진 요망한 여자가 보기엔 어떤지 모르겠지만 우리는 부녀지간이라고요."

"…뭐라고?"

태하는 서둘러 바지를 입느라 윗도리를 벗은 상태로 그녀에게 말했다.

"일단 차분한 상태로 얘기하도록 하지."

"…옷부터 입으시죠?"

"험험, 그럴까?"

하루나와 라일라의 불꽃 튀는 접전을 바라보는 태하의 머리가 복잡해져 왔다.

* * *

전후 사정을 다 전해 들은 라일라는 아주 명쾌한 답변을 내렸다.

"그러니까 네 생일이 언제라고?"

"4월 29일이요."

"회장님께서 한국에 들어온 날짜가 언제라고 하셨지요?"

"4월에서 5월쯤인가?"

그녀는 한심한 표정으로 태하를 바라보았다.

"회장님, 혹시 배란과 착상, 수정에 대해서 못 들어보셨습니까?"

"알지. 나도 생물 시간에 안 졸았으니까."

"…그런데 이 간단한 사실을 모르시겠어요?"

"뭐가? 내가 한국으로 간 시기와 비슷하지 않나? 그러니까……."

"당연히 안 맞지요. 분만예정일은 보통 마지막 월경 이후 280일로 잡습니다. 거기서 한두 달 일찍 나올 수는 있어도 한두 달 늦게 나올 수는 없습니다. 태변으로 인해 태아가 잘못될 수도 있거든요."

"흐음, 그런 사실을 어떻게……."

"상식입니다. 그러니 한번 계산을 해보세요. 4월 29일이 생일이면 거기서 280일을 빼면 답이 나올 겁니다."

"으음?! 그런 건가?!"

사실 남자들의 입장에선 아이가 생겼다는 말을 듣게 되면 충격에 빠져 자세한 계산을 하지 못하게 된다.

특히나 태하처럼 뭔가 켕기는 것이 있는 사람은 더더욱 그럴 것이다.

"…이 쭈그렁탱이 아줌마가?!"

"이봐, 꼬맹이. 정말로 경찰서에 가서 조사를 받아야 정신을 차리겠어?"

"……."

태하는 그제야 안도의 한숨을 내쉬었다.

"큰일 날 뻔했군. 죽는 줄 알았네."

"…아저씨는 내가 그렇게 싫어요? 죽을 정도로 싫으냐고요."

"좋고 싫고를 떠나서 생각지도 못한 자식이 찾아왔다는데 당황하지 않을 사람이 누가 있겠어?"

"흥, 아저씨도 내가 귀찮은 것이죠?!"

태하는 고개를 가로저었다.

"뭐, 매너가 없는 것은 상당히 보기 불쾌했지만 나름대로 괜찮았어. 하지만 앞으론 사람을 찾아왔을 때엔 그렇게 무턱대로 놀래키는 일은 하지 말았으면 좋겠다."

"……."

"그나저나 아야카는 네가 한국으로 온 일에 대해서 알아?"

"…아니요."

"그럼 집에서 아주 난리가 났겠구나."

"……."

태하는 라일라에게 비행기 편을 준비하도록 지시했다.

"일본을 다녀오는 데 시간이 얼마나 걸리지?"

"그리 오래 걸리지는 않지요. 하지만……."

"비행기 편을 준비해 줘. 일본에 다녀와야겠어."

"…알겠습니다."

라일라는 떨떠름한 표정을 지었지만 태하는 전혀 불편함이 없어 보였다.

"자, 그럼 가볼까?"

"어디를요?"

"어디긴, 너희 집이지."

"아, 안 돼요!"

"어째서?"

"…엄마가 싫어할 거예요."

"걱정하지 마. 집까진 들어가지 않을 테니까."

하루나가 고개를 푹 숙인 채로 말했다.

"그래도 안 돼요. 지금쯤이면 그 아저씨와 함께 있을 테니까요."

"아저씨?"

"엄마 남자친구요."

"아아, 그렇구나. 엄마에게 남자친구까지 있는데 아저씨는 왜 찾아온 거야?"

하루나는 어두워진 얼굴로 말을 이어나갔다.

"엄마는 매일 아저씨를 보면서 하루나의 아빠일 것이라고 말했어요. 그리고 나를 버렸다고 매일 원망했죠."

"……."

"술을 마시면 매일 매타작이 이어졌어요. 그게 싫어서 진짜 아빠를 찾아온 것이고요."

"흠……."

그녀를 적대적으로 바라보던 라일라도 어느새 마음이 조금은 누그러진 것 같았다.

"…일본은 제가 다녀오겠습니다."

"괜찮겠어?"

"회장님이 가셔서 난리를 피우는 것보다야 낫겠지요."

"그래, 그럼 고생 좀 해줘."

그녀는 하루나를 데리고 집무실을 나섰다.

"그럼 다녀오겠습니다."

"그래, 고생해."

태하는 하루나에게 명함을 한 장 건넸다.

"어려운 일이 있으면 연락해. 아저씨가 도와줄 수 있는 일은 반드시 도와줄게."

"…고마워요."

이윽고 하루나가 떠났고, 태하는 씁쓸한 마음을 안고 업무를 보기 시작했다.

* * *

그날 오후, 일본에서 돌아온 라일라는 화가 잔뜩 나 있었다.

"…그 빌어먹을 계집애!"

"뭐, 뭐야? 왜 그래?"

"알고 보니 아버지는 대기업 중역에 어머니는 교수더군요!"

"허, 정말?"

"아이의 어머니에게 사정을 설명하니 미안하다고 연신 고개를 숙이더라고요. 아이의 아버지는 아예 얼굴도 못 들고요. 아무튼 조만간 부부가 함께 회장님을 찾아뵌다고 하더군요.

"별의별 일이 다 있군. 어떻게 그런 맹랑한 거짓말을 할 수가 있지?"

"엄마가 교육자라서 성적에 대한 부담감이 있었대요. 정작

남들 다 다니는 학원 하나 다니지 않으면서!"
"흠, 사춘기라서 그런가?"
"…그놈의 사춘기 핑계. 하여간 몹쓸 꼬맹이임이 틀림없어요!"
태하는 실소를 흘렸다.
"훗, 그래도 아까 떠날 때엔 꽤 동정심이 발한 것 같던데? 감정이입된 것 아니었어?"
"…시끄러워요."
태하는 미소를 지으며 마음의 짐을 털어버렸다.
"후우, 아무튼 일이 잘 해결되어서 다행이군."
"저는 충격을 씻어야 할 것 같아요. 내일 뵙겠습니다."
"어디 가?"
"목욕탕이요. 더러운 이 마음을 씻어내야겠어요."
"하하, 그래."
그녀가 나간 후, 태하는 본가에서 가지고 온 자신의 옛날 앨범을 꺼냈다.
그는 아야카와 헤어지기 전에 찍은 사진을 바라보았다.
울상을 하고 있는 아야카와 환하게 웃고 있는 태하, 그녀는 태하가 다음 날 떠난다고 연신 눈물 바람이었다.
"좋은 시절이었지."
흐뭇하게 웃으며 사진을 갈무리하려던 태하는 충격적인 장면과 마주했다.

8월 20일.

순간, 태하는 자신의 눈을 의심했다.

"으, 으잉?!"

태하는 당시의 기억에 잠시 헷갈려서 5월이라고 말했지만, 그가 귀국한 날짜는 한여름이었던 것이다.

그는 이내 머릿속이 복잡해져 왔다.

"…빌어먹을, 뭐가 어떻게 된 거야?"

찝찝한 마음을 감출 길이 없는 태하. 하지만 이미 사태는 수습된 이후였다. 더 이상 멀쩡한 가정을 깨기 싫은 그는 이대로 사건을 묻어두기로 했다.

"그래, 내 죄다."

그는 홀로 포장마차로 향했다.

『도시 무왕 연대기』 10권에 계속…